U1020833

海峡风吟

◇周而兴 著

海峡出版发行集团 | 海峡文艺出版社

图书在版编目(CIP)数据

海峡风吟/周而兴著. —福州:海峡文艺出版社,2022.12
ISBN 978-7-5550-3217-5

Ⅰ.①海… Ⅱ.①周… Ⅲ.①散文集—中国—当代
Ⅳ.①I267

中国版本图书馆 CIP 数据核字(2022)第 224549 号

海峡风吟

周而兴 著

出版人 林 滨
责任编辑 余明建
出版发行 海峡文艺出版社
经　　销 福建新华发行(集团)有限责任公司
社　　址 福州市东水路 76 号 14 层
发行部 0591—87536797
印　　刷 福建名彩印刷有限公司
厂　　址 福州市闽侯经济技术开发区一期九号中路 5 号
开　　本 889 毫米×1194 毫米 1/32
字　　数 165 千字
印　　张 9.375
版　　次 2022 年 12 月第 1 版
印　　次 2022 年 12 月第 1 次印刷
书　　号 ISBN 978-7-5550-3217-5
定　　价 53.00 元

如发现印装质量问题,请寄承印厂调换

一掬心泉自东来（代序）

杨际岚

“山涧小溪的潺潺流水，从高处冲落崖岩，水珠溅在树木和花草上，化作了岚雾。淡淡的花草清香糅合泥土的芬香，在山野，在风里，氤氲弥漫。”

翻阅《四月，涛声依旧》一文，这股清香仿佛散布于周边，久久不曾消散。

这也是阅读周而兴散文集《海峡风吟》带来的印象。

文集里的一些篇什，取材于东海之滨平潭岛。读来分外亲切。魂牵梦萦的故乡，斑驳的石厝错落有致，葱郁的木麻黄相间，清澈的小溪穿过村子，流到广袤的长江澳，水声哗哗，似乎在倾诉着这里的前尘往事……周而兴老家东南侧长江澳，毗连芦洋埔，遍植木麻黄。时届秋冬，金黄色的树叶，飘落在地上。周而兴和小伙伴们背着大箩筐，手执“耙梳”，搂拢拾捡木麻黄落叶，充作烧饭燃料。那时节，我曾上山下乡到了芦洋农场，插队劳动度过一段难忘岁月；5 年之后，以知青“带队干部”身份，重返旧地，又到了芦洋埔北端，驻点林场长江工区。曾看见一群群孩童时不时地来林间“耙草”，那里，兴许便有少年周而兴？

多年以后，人生兜兜转转，我们因文而聚，不在老家岚岛，而是在榕城相识相知。共同的喜好，让彼此走近。

谈到印象，十分强烈的一点，以通俗的语词表述，周而兴堪称文学“发烧友”。省、市举办文学讲座，他是位“常客”，只要不上班，只要能安排，几乎每场必到。这种喜好，纯然发自内心，毫无功利可言。假如得知名家推出名作，他往往或买或借或上网查询，一睹为快。功利之风炽盛的当下，仍然葆有如此纯粹的追求，如此执着的挚爱，真是个有心人，真是难能可贵，可敬可佩！

“一分耕耘，一分收获。”倾情付出，终究换取丰盈的回报。《海峡风吟》便是明证！

这部散文集，收录周而兴近十年创作的六十多篇作品，分为五辑：第一辑，岁月凝眸；第二辑，大地行吟；第三辑，心海泛舟；第四辑，观岩读石；第五辑，悦读絮语。“在文字江湖间游走，且行且吟。”作者认为，文字是有灵性的存在，在那些有温度的文字里，寄托着喜怒哀乐、感悟情怀，在倏忽即逝的似水流年里，“与心灵对话，怡然自乐。”名钓利饵，如何免俗？白云苍狗，须臾变幻。一掬清泉，一泓心田。写作人感悟如斯，方能无怨无悔地付出，不懈不怠地坚守。

该书的多数作品，从大处看，归于写景。人们不难看到，贯串始终，浸濡全书，既是“景语”，也是“情语”，更是“心语”。周而兴不仅与景观对话，而且与情感对话，进而与心灵对话。借景抒情，情带心出。“景语”“情语”“心语”，融为一体。《海峡风吟》一文引述清代平潭名儒施天章诗作：“万壑俯临谁作障，一声长啸欲乘风！”施氏一声喟然长叹，“沉寂几个世纪后终于迎来回应。”作为“海边的小孩”，周而兴不由为岚岛巨变而由衷赞颂，为历史演迁而深长慨叹。正如其《故乡的贝螺》歌词所写：“故乡的螺号 / 在梦里回响”“向海而生的精神 / 在我的血脉里流淌”。

40 年前，周而兴来省城福州求学，于此成家立业，深深依恋上了这“第二故乡”。《走过古桥》由上学和工作经历，书写所见所闻，将“万寿桥”——“解放大桥”，比拟为穿越千百年的“史书”，如椽之笔刻录下闽都沧桑之变。由见与闻，进而抒发感与悟，且赞且叹，亦歌亦弹，这是周而兴散文的特点。小辑《观岩读石》，生动形象地描述平潭奇石怪岩，并且一再鼓与呼，共同保护生态资源，维护人与自然和谐共处。但见一腔热忱，不禁令人动容！

再说印象，还有一点，也是感受甚深——周而兴算得上尽心尽力的文化“志愿者”，换言之，任劳任怨的“义工”。自从担任台江区作协主席团成员后，编刊物，办讲座，写文讯，安排会员活动，等等，他事无巨细，亲力亲为，而且忙前忙后，不急不躁。尤为可贵之处，他如“老黄牛”般，默默奉献。

而兴兄此书中不少散文，见诸博客、简书、美篇、微信公众号等平台。这也体现了一种“赶快做”的写作态度。曾听文坛前辈郭风老人说过，他看到、听到有意思的事，便随手记录，类似于短札，待到需要时就用上了。小习惯，有时却派上了大用场。而兴兄与时俱进，熟稔运用自媒体多种手段。他外出采风，可称快手，当天事当天记，日积月累，成效自见。在这一基础上继续打磨，进而完善、提升，显然便当多了。

“文如其人”，虽不是那么绝对，但也不无道理。为人，为文，对于周而兴，二者统一。他写散文，一般都是小切口落笔，娓娓道来，内容扎实，文笔晓畅，字里行间，显见热情、襟怀与担当，就像他自个儿说的，都是“有温度的文字”。

而兴兄的老家在平潭伯塘村，是革命基点村。解放战争时期，村里众多游击队员、地下党人奋起抗争，为建立我省第一个县级人民政权出生入死。吴国彩在夜袭“中正堂”时身负重伤，让医生先抢救战友，终因流血过多而牺牲，村庄因之改称国彩村，全村获评“五老”的有 96 人。而兴兄在浓厚的红色文化氛围中成长，耳濡目染，日渐滋长家国情怀和进取精神。为人处事渐次奠定深厚的基础。从这一角度而言，“有温度”与此不无关联吧。

文学门槛最低，无论出处，人人皆可为。向来跨界跨域层出不穷，一方面时见文学被功利所困囿，另一方面，许许多多有心人依旧“翻山越岭”，往文学圣地登攀。而兴兄来自金融界，业界内不乏文学能人高手。近年来创作活力充沛，成果丰盈。《海峡风吟》添加上了独具特色的一页。

文学门槛最高，登堂入室不易，扬名传世更难。前路漫漫，奋进未有穷期。《海峡风吟》一书作为阶段性的成果，体现作者过往的劳绩，也标示继续前行的开端。往更高处要求，覆盖面之广度，开拓性之深度，表现力之厚度，似乎尚有可提升的一定的空间，百尺竿头，更进一步，这也是人们可以期待的。

（杨际岚，编审，中国作协会员，福建省作协顾问，中国世界华文文学学会监事长，《两岸视点》编辑总监，《台港文学选刊》原主编。）

目录
CONTENTS

第三辑 心海泛舟

第四辑 观岩读石

第五辑 悦读絮语

壹 第一辑

岁月凝眸

溯古观今，抒发所感。回望赞叹闽都福州、福地福清、海岛平潭的发展变化。

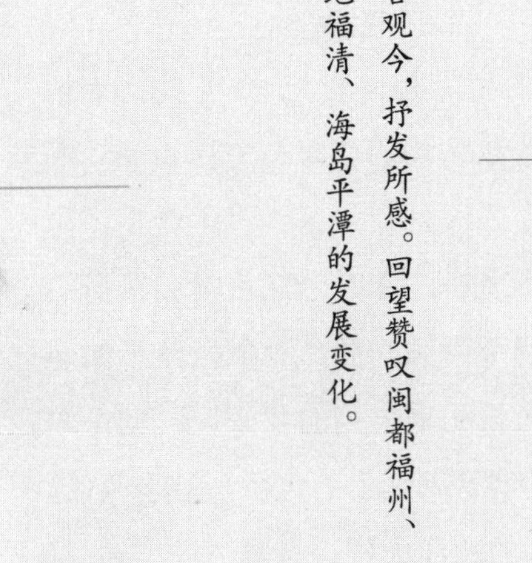

走过古桥

《说文解字》曰：“桥，水梁也。”因水而建桥，桥是连接两岸的通道。

福州派江吻海，滔滔闽江穿城而过，沿江建了许多桥。每一座桥，都有故事、有特色，融入“有福之州”的都市风景里。

第一次亲近闽江上的桥，是上世纪80年代初来福州求学之初，跟同学到台江区购买学习与生活用品，顺便逛街。当时人们称从仓山区到台江区为“进城”，可见那时福州的都市生活圈之小。那时台江百货和东街口百货大楼是市区最大的两个商场，商品种类虽然不如现在丰富，但对于从偏僻渔村初来乍到的我来说，觉得福州比乡村繁华多了。为了观赏闽江上的大桥与沿岸风景，特地漫步台江百货大楼旁的跨江大桥。

伫立桥上，惊讶不已！闽江汇合自闽北众多崇山峻岭的迤逦支流，流经福州，东逝入海，源远流长。脚下这座古朴的石桥，桥长五百多米，二十八个舟状石墩承托厚重的石梁，十分壮观。这石桥没有多余的雕琢，那大巧若拙的造型、气韵飞扬的跨度，惊鸿一瞥顿生欣喜。俯瞰江面，波光粼粼，湍湍急流荡起的涟漪令我浮想联翩，这古老的大桥该会藏着多少感人的故事？

这座古桥叫解放大桥，前身称为“万寿桥”，是闽江上最古老的一座石桥，有六百多年的历史，堪称“福州一桥”。桥边的风景迷人，桥的南端连接零星错落红砖、白砖、青石砌成西式老洋楼的烟台山；中间穿过中洲岛；北端紧挨爱国侨领黄乃裳筹建的百年经典建筑福州青年会，对接台江中亭街。轻风吹拂，江水“哗哗”流淌，桥上行人熙熙攘攘。

让人赞叹的是，这桥最早为浮桥。处于当时的建筑技术与经济状况，在汩汩奔流的闽江架桥，如同第一个吃螃蟹的人，确实需要勇气。宋元祐八年（1093），时任知州的王祖道为造福百姓，征集工匠以中洲岛为中心，南北各造浮桥1座。南北两桥的江面共用一百多只木船并拢，并以粗大的藤缆紧固于江中嵌入的十八根粗壮石柱上。然后船上铺盖木板，作为桥面，两旁设有栏杆，方便行人来往两岸。

解放大桥这段闽江宽阔流急，陆游《渡浮桥至南台》诗云：“客中多病废登临，闻说南台试一寻。九轨徐行怒涛上，千艘横系大江心。”足见浮桥的惊险。以中洲岛作为大桥连接处，大大地缩短了单个桥的跨度，而在江心的浮桥口还留有两个高门，便于江中行船，体现出建桥者的智慧。

由于浮桥受到风浪冲击，时常中断。宋元时期随着福州港的勃兴，福州上下杭与中亭街，商号辐辏，顾客云集，人潮如涌，闽江两岸的交通畅通与否，无疑将制约着经济的发展。于是，1303 年，万寿寺头陀僧王法助倡议改建浮桥为石桥，得到了元成宗铁木真的嘉许。同年，造桥工程即行动工，至 1322 年方才竣工。桥栏石柱上雕有形态各异的石狮，桥的南北端建有风雨亭。马可波罗游历福州，曾经记写了万寿桥的美景。

僧人王法助是泉州人，出家人慈悲为怀，一生热心造桥修路。据《福建津梁志》记载，他在福州与闽南等地建修石桥 18 座。他倡建的闽江上这座最古老的石桥也是元代福建最浩大的建筑工程，后人为了纪念他济世利民的功绩，便把这条大桥命名为“万寿桥”。1949 年以后，为了纪念解放军跨越此桥解放福州城，便将此桥改名为“解放大桥”。

我参加工作后不久，于上世纪 80 年代中期，在职进修福建师大中文专业。那时福州公交车线路极少，我常骑单车到仓山老校区上课。虽然当时闽江上已建有了闽江大桥（也称闽江二桥）与新扩建的洪山大桥。但我的工作单位与宿舍都在鼓楼区八一七路附近，而八一七路是鼓楼与仓山的中轴线，也是我上课的最近线路。放学返程，有时逗留于解放大桥上的中洲岛歇息，一边吸吮江上新鲜的空气，一边观览四周的风景。持续了多年的学习，八一七路上的东街口、茶亭、中亭街、上下杭，在自行车轮子下碾过，文学梦想随之徐徐铺展开来。而沿途的“棚屋”渐渐淡出视野，连同解放大桥上人车混杂拥挤不堪的交通景象。

改革开放后，江滨上幢幢高楼大厦拔地而起，台江百货大楼渐渐变小，后来商场也改为他用。毗连解放大桥的台江码头中亭街商业区，以及八一七路沿线上商场林立，呈现出一片生机勃勃的景象。解放大桥上电动车、摩托车和汽车络绎不绝，行人的服饰色彩再也不是以前那么单调。

随着台江农贸批发市场与周边商场生意的红火，一段时间里，沿街的餐饮排档、小商品摊位杂乱无章，垃圾散落江岸，解放大桥显得憔悴。好在若干年后，江滨整治的力度逐年加强，治污清淤，街道改造，清洁绿化，江滨焕然一新。

福州城市发展实施“东拓南进”中，闽江上陆续新建了鳌峰大桥（也称闽江三桥）、三县洲大桥、尤溪洲大桥，地铁一号线穿江而过……大大减轻了闽江上原有桥梁的交通压力，不久，解放大桥改为汽车单向通行。

岁月流逝，兜兜转转，前些年工作单位搬移到滨江金融街附近，让我与解放大桥缘分再续。上下班时常从鼓楼乘坐地铁到解放大桥附近的达道站出来，然后步行或乘坐公交车，沿途观赏解放大桥四周的景色。江面上游船如织、岸边花木锦簇、街道宽敞洁净，与周边高低错落有致的建筑物，映衬着彩虹般飞架两岸的解放大桥，相得益彰，亮丽多姿。

闽江上下游日渐增加大桥与地铁穿江隧道，便捷的交通给福州增添了活力，给民众带来了福祉。回眸江水流淌不息中默默负重的解放大桥，感慨不已。

这座古桥，似“饱经沧桑而又阅尽人间春色”的历史老人，目睹着福州市这一幕人间巨变的壮丽图景，承载着榕城人民的集体记忆，不仅是闽都发展长河上的一个节点，更是一部穿越千年的“史书”，记录了城市的沧桑变迁。

虽然解放大桥日渐褪去岁月铅华，或许，哪天她将彻底卸下负荷，汽车与单车不再从她身上碾过。但是，对她依旧钟情如故，因为她在那里向市民展示着她的独特魅力，见证榕城的生机活力和发展风采。

江滨漫笔

因为喜欢那一路的景色，时常提早上班绕了远，漫步绿荫簇拥的江滨大道。

春夏交际的闽江两岸，花木葱茏，斑斓多彩。楼宇前的花坛、道路边的绿化带、江边的公园、岸堤的草丛……一簇簇、一枝枝、一朵朵，俏生生地闪动着缤纷亮丽的色彩。晨曦下，花蕾挂着晶莹的露珠徐徐绽放，似新月初展，清纯而娇羞。引来早起的蜂蝶翩跹起舞，让晨练的人们目光驻留。

行走江边栈道，忽闻一阵沁人心脾的香气，循香走近丛林，几棵缀满花苞的四季桂花映入眼帘，橙红色或金色的花瓣，像细小繁星点缀在枝丫上，散发着淡淡的清香。

都说“八月桂花香”，这许是北方的情景。实际上，桂花耐寒喜温，福州属亚热性气候，桂花开得较晚，每年十月开花，花期也长，尤其是四季桂的花期可延续到暮春初夏。桂树下，我琢磨着唐代诗人宋之问诗句中“桂子月中落，天香云外飘”的幽远意境。人们喜欢桂树的朴实素雅，喜欢桂花的怡人清香，月中的吴刚，何尝不也有这样的喜欢？寂寥的月宫中，吴刚潜心酿酒，终于酿出了芬芳馥郁的桂花酒，芬芳了天上宫阙，芬芳了人间大地。而四季桂花的盈盈清香，也给“有福之州”的江滨增添了温馨。

江滨最惹眼的得数大叶榕了。粗壮的树根，盘虬在地下；繁盛的枝丫，高耸蓝天；树荫如盖，格外洒脱。突然一阵江风吹来，一片片金黄色的枯叶打着旋儿飘落下来，发出“窸窸窣窣”的碎响，像欢快舒缓的乐曲。这种自然写意的插曲，为原本万物蓬勃、绿意盎然的春天，勾勒出一番秋天的写意。曾经以为四季分明，才是应有的状态。但是，福州常年气温偏暖，往往出现四季胶合的情况。大叶榕的叶子可以跨季生长、跨季枯败，枝叶的新生与枯萎可以同在一个季节进行。于是，出现了树上新绿茵茵，树下黄叶纷飞的美妙景象。

伫立江边，面对流淌不息的江水，倍感敬畏。闽江由自闽北、闽西北众多崇山峻岭的迤逦支流汇聚而成，流经福州后，最终汇入东海。这是一条情深义重的母亲河，挽山海，泽闽地，千秋伟绩，源远流长。福州因了有四季潺流的闽江，增添了灵动与魅力；而闽江因了江滨两岸花木锦簇、商厦比邻的映衬，增添了亮丽与活力。

远眺闽江东侧的鼓山，青山如黛，烟雾缥缈。近看江水，晨光轻洒，微澜潋滟，像一块温润的翡翠闪烁着美丽的光泽。晨风吹拂，江滨沿岸的高楼倒影在江水里摇漾，煞是好看。几只白鹭在江面上展翅飞翔，怡然自得。

清晨，江滨大道上没有白天时车水马龙的热闹，隐去了城市的喧闹尘嚣。只有缓缓行驶的园林维护车辆，喷洒着路边的花木。还有许多街道清洁工人，挥舞着扫把清除道路上的沙尘与落叶。闽江上清洁江面的小船缓缓前行，船上身穿橙色救生衣的工人，手里举着长长的网兜，不停地打捞着江面上的漂浮杂物。江水平缓，工人撑竿的身影，倒映在清澈的江面，摇曳着灵动的倩影。此时，你若在江边，望见这幅优美的景致，难道不会觉得，这是江滨最美的画卷吗？

漫步江滨，沉浸于这恬美的景色，便觉得内心的疲乏与浮躁少了许多。也缘于大清早就来江滨，让我懂得了正是清洁工人的每天默默无闻辛勤工作，才有今天花香四季、干净整洁的江滨美景。

自上世纪 80 年代初参加工作以来，久居鼓楼区，见证了福州市区由北向南逐步拓展的历程，目睹着城市生态环境建设的日臻完善。

不久前，单位办公大楼从鼓楼区搬到闽江三桥边的金融街，看到这里花木葱郁，街道干净漂亮，令我惊讶。犹记得十几年前，曾偶尔来到江滨三桥附近的水产品市场采购海鲜，这一带房屋破旧，街道脏乱，江滨的绿树花卉甚少，滩涂一片恶臭，看不到鹭鸟栖息。现在，江滨已然从曾经的杂乱不堪蜕变成亮丽的风景点，两岸楼宇林立，街道整洁，堤岸柳浪闻莺，春光荡漾。漫步江滨，沉浸于这恬美的江滨景色，内心的疲乏与浮躁少了许多。

林徽因说：“你是一树一树的花开，是燕在梁间呢喃，是希望，是人间的四月天！”江滨，是寰宇时空中的一粒沙，总是粘连着风扬的尘土，幸运的是，经过岁月长河的涤濯，曾经其貌不扬的江滨，已经焕然一新，生机勃发。谁能不为之陶醉，不为之欢欣呢！

古厝书香

从上杭路西行，穿过窄窄的青石铺就的小巷深处，恍如走近一册线装古籍书腹地。在上杭路134号古厝前驻足，我推开一扇用耐火苦槠树制成的木门，踏入高氏古厝院落。

古厝院落建筑前部为高氏祠堂，前后两进，依大庙山势而升高，主座为面阔五间、进深共七柱。文昌阁位于建筑的后部，依附山麓，占地面积约180平方米。高氏古厝在昔日富商大贾辈出的福州上下杭地区，称不上大户人家。然而，在彼时重商务实的氛围之下，却走出了中国天文学气象学的奠基人高鲁，耐人寻味。

斜阳的余晖静静地洒落在长着青苔的院落老墙上，古厝显得荒凉、幽寂。仿佛远隔一墙之外嘈杂喧嚣的上下杭，不慌不忙地回到了往昔，锁住了远去的历史，锁住了曾经浸漫书香气息的宁静。

文昌阁原为高氏书斋，共两层，一层面阔三间，进深五柱，中为厅堂，两侧厢房。阁内的斗拱、吊柱、云楣、雀替、花格窗棂等木构件，雕刻豪放、造型粗犷，具有典型的明清建筑风格。

厅堂前设有一口菱形鱼池，旁绕假山杂有紫釉鱼缸数口与石鼓几件。第二层要从假山拾级而上，十余级石阶粗糙的外表已被岁月打磨得锃黑滑润。大庙山上的树阴掩映阁楼，愈显寂寥。

绕行鱼池，杂草丛生，放慢脚步，生怕脚底碾压了小草。因为，小草既是文昌阁荒凉的佐证，也是文昌阁颓废生命的一种延续。这些枯了又绿的小草，撩人深思。漫步在这幽寂的庭院，仿佛渐渐融入了那些散发着浓浓墨香的线装古籍，让我在细细品读中思索着文昌阁的前世今生……

文昌阁高氏书斋历史悠久，始建于清嘉庆年间，在这高墙下的书斋里，高氏家族耕读为本，以德传家，走出了高鲁这样的高士鸿儒。

高鲁，1905 年毕业于福州船政学堂，后以优异成绩被清廷派往比利时布鲁塞尔大学学习，获工科博士学位。1909 年加入同盟会。光复后，任南京临时政府秘书兼内务部疆理司司长。1912 年任中央观象台台长。他是中国天文学会创始人，也是第一位把天象仪介绍到我国的学者，并推动在我国创建天文馆。学贯中西的高鲁，还是在我国最早传播爱因斯坦“相对论”理论的学者之一。

古人云，家训是一盏远不熄灭的心灯。好的家训，影响着族人的心灵。在高氏古厝第一进厅屏门阴刻着鎏金的《朱夫子家训》，家训的内容体现了高氏家族立德重教，注重培养子弟读书、仕进的风气。文昌阁的大厅左右两边保留有两块硬木牌匾，为柳体阴刻的《文昌帝君阴骘文》，家训与牌匾都是由高氏清朝秀士高攀仁书写的。

牌匾全文贯穿着“以人为本、以和为贵，为国益民、乐善好施”的主线，强调从善重教，以德传家。劝导人们存好心、说好话、做好事、当好人，警示人们慎独处世。《阴骘文》也是清代李毓秀编撰《弟子规》的重要源头，文章字里行间充满教育意义。

我思忖：近百年来，高氏后代人才辈出，得益于高氏家学的熏陶培养。高鲁先生何尝不也是深受家学中的儒家思想谆谆教诲，才塑造其高贵品格和精神风范的呢？

高鲁先生先后担任民国高级官职 30 余年，在他的工作案几上有一块自刻“清白”二字的方形石章，作为人生座右铭。进而勉励与鞭策自己身居高位，洁身自好，廉政守法。1944 年 9 月，福州沦陷，高鲁抱病撤退，在撤退过程中，他目睹一些国民党政府官员在逃跑中仍不忘欺压百姓，令他十分愤慨，就在国难当头之际，他致电重庆方面要求弹劾国民党第三战区长官。然而这个高官是蒋介石的心腹，不久高鲁反遭免职降级处分，后来靠典当家中房屋和衣物度日。“清白”二字，正是他一生廉洁的写照。

院子上有一颗葱郁的桂花，是棵久远的老树。高鲁先生离开故乡已久，到了晚年他贬谪回乡，深居书斋。抑或伏案博览群书，抑或风清月朗夜晚，搬一张藤椅，静躺香气氤氲的桂树下，仰望天穹的星象遐思。当时的中国正处于大动荡之中，高鲁先生深居这幽静的书斋中，潜心研究天文科学，呕心沥血创办我国现代天文科学事业。

1947年6月26日，高鲁先生在福州病逝，享年70岁。彼时家中萧条，竟无力成殓。阁院里，高鲁先生曾经的家眷和睦欢笑声，担忧国难的叹息声，随他消逝。

此后，文昌阁一度归于岑寂。高鲁先生经历的时代正是国家处在艰难困苦之中，然而他强烈的爱国主义精神和不忘科学报国初心，为我们树立了崇高的品德和一代宗师的形象。

先贤梦破身殒，旧时月色依稀。因了远行者的声望，文昌阁贴上了名士书斋的标签，尽管目前文昌阁静待重新装修，显得荒寂，依旧引来四面八方的客人观览。

夕阳西下，走出高氏古厝，脑海里久久回味着古厝厅堂上立德重教、耕读传家的家训刻字。回眸暮色苍茫中的文昌阁，心里不禁充满了无限的敬仰之情。

家住鼓楼

俗语：心安处即故乡。每个城市总会有这么一个地方，让人闲适安逸。大家说起这个地方来，都很兴奋，都有故事；而当暌别日久，则有着满满的回忆与眷念。福州的鼓楼就是这么一个地方！

上世纪 80 年代初，我来福州工作的第一个落脚点就在鼓楼中山路上。从此与鼓楼结下不解之缘，从最早住在中山路大院里的单位宿舍，成家后搬移到不远处的尚宾路，到后来居住的鼓楼遗址公园附近小区。近 40 年来，七溜八溜，不离福州，一直居住鼓楼。目睹这里的历史变迁，座座高楼拔地而起，条条街道日渐洁净，深深地感受到鼓楼的旧貌新颜在榕城人心中的地位。

鼓楼给我印象最深的是日臻完善的城市建设，环境优美，生活便利。这里除了有公交、地铁等便捷的交通设施外，购物消费也十分方便。我家离繁华的东街口商圈，步行仅需十多分钟。小区周边分布着众多的商场、菜市场、学校、银行、医院、药店、超市、夜市……几乎囊括了日常生活所需。

福州依山傍水，山珍海鲜众多，鱼虾蛤蛎等是菜市场常见的美味海鲜。鼓楼美食店铺及摊档林立，不用说白天街头巷口的那些抚慰味蕾的小吃：锅边、肉燕、捞化、鱼丸、拌面、芋泥、粉干……滋味鲜美。而夜晚的美食街门庭若市，热闹非凡，形形色色的美食摊位形成一道独特的风景线。达明路上更是充满浓浓的烟火味！夜幕降临，华灯初上，各色小吃琳琅满目，扶老携小，三五成群，人潮攒动，油烟飘香。

家在鼓楼，处处可见绿树繁华，绿意盎然，空气清新。

季节辗转，摇曳光阴深处的绿色。犹记得我来工作单位报到当天的情景。时值炎夏，大清早从老家平潭岛出发，一路舟车劳顿，疲惫不堪。下午到达鼓楼公交站下车，步行至附近的原省商业厅报到，沿路榕荫蔽日、樟木芬芳，顿时消弭了旅途的倦意……

绿色让生活多了幸福感，人们对绿树充满偏爱。刚修建地铁1号线时，单位附近的鼓屏路旁樟树被截去了树枝，刨挖树根后整棵移走。我感到十分惋惜，担忧这些于上世纪50年代时任福建省委书记叶飞倡议种植的大樟树，一去不复还。而附近钱塘小学的小朋友也是依依不舍，他们在即将移走的树干上张贴卡片，写上感人的留言："树爷爷，您得搬家了，我们真舍不得您""樟树，您走了，我们流泪了"……欣慰的是，地铁一号线开通后，鼓屏路段的樟树纷纷移植回来。

近年来，福州积极践行"种大树、造绿荫、惠人民"城市绿化理念。鼓楼的行道树、绿化带、小公园，愈发增多，几近"推窗见绿、出门见园、行路见荫"。修建了悠长的穿越青山绿水的“福道”沿线，人们可以从西湖公园走到左海湖，再到沐浴山林的“福道”栈道。漫步游览、休闲健身，沉醉翠绿，自得其乐。

街坊上许多绿荫蓊郁的休闲园地，更有一番慢生活的况味。三五老者围着石凳，泡一壶茉莉，闲聊家常趣闻，摸一把纸牌。或斜躺竹椅上听一段评话伬唱，或溜达散步……一朝一夕便过去了。这种寻常的闲逸幽情，虽是平平淡淡，却别有韵味。

家在鼓楼，古迹触目可见，古韵悠长。

鼓楼又称谯楼。成语晨钟暮鼓，如今多指寺庙生活，而在古代是古代乐器，钟鼓则是生活的时间轴，鼓声用于报时。汉代已有“天明击鼓催人起，入夜鸣钟催人息”的记载。于是，鼓楼所在的地方遂称为“鼓楼”。

福州的鼓楼，藏在榕城时光隧道的深处。最初是唐元的福州观察使元锡建的州门、鼓角楼。从汉、唐，经宋、元、明、清到现代的鼓楼遗址公园，经历了多次火灾、拆除、修建，传承下来。

鼓楼是闽都文化的发祥地，历史上榕城六次扩城，中轴都在鼓楼。拥有“三山”（乌山、于山、屏山），“两塔”（乌塔、白塔）等众多的文物保护单位，彰显人文底蕴深厚。

我早年居住的中山路大院，比邻林则徐出生地纪念馆，大院内有一座中西合璧会堂式的建筑，是明清时期的福州贡院，清代乡试、会试都在这里举办。1912年4月，孙中山在贡院至公堂发表演讲。后来，为纪念孙中山改名“中山纪念堂”。

我住处的不远处，更有福州谚语“三山藏，三山现，三山看不见”，其中隐藏得几乎难觅影踪的冶山。早年在附近工作，虽然多次路过冶山，未曾想到这座其貌不扬、看不见昔日身形的山，却曾镌刻着两千多年的闽地历史。如今，为了挖掘保护闽越古城遗址，建成了古朴宁静的冶山春秋公园。

不久前一个晴朗的午后，我特地走进公园寻古探幽，站在古木参天，绿水茵茵的欧冶池旁，思绪弥漫。这池水，被岁月赋予了太多的积淀；这座山，蕴含榕城的沧桑和进程脉络。于是即作《冶山春秋园》小诗一首：

一座冶山，一潭欧冶池 / 他们默默相望两千多年 / 古榕、曲径、崖刻、剑光亭 / 点燃冶山春秋园绵延的诗绪 / 风拂池水，泛起了平仄和韵律 / 上阕是古越汉唐，下阕是晚清民国

一座隐藏着昔日荣光的古城 / 镌刻着一卷沧桑的闽地史诗 / 当欧冶子铸剑，拔水淬火 / 闪烁着闽越王无诸铁血雄风的壮志 / 当晋安郡严高太守扩建冶城 / 护城河边的城隍庙拔地而起 / 当唐刺史裴次元登山赋诗 / 马球场上响起盛唐的喧嚣 / 晚清民国，名将贤士跫音悠长 / 孙中山曾在冶山脚下慷慨演讲 / 海军元老萨镇冰，在冶山上 / 笑傲三山、扶剑长啸……

历史的烽烟留下厚重的印迹 / 而星辰燃烧的焰火依

旧传承 / 它如一粒种子埋在冶山春秋园 / 当我步入这片土地，抬眼处 / 镇海楼在屏山上 / 榕城风调雨顺

当然，最值得称道的是，福州最有影响力的“城市名片”三坊七巷。一片三坊七巷，半部中国近现代史。三坊七巷人杰地灵、名家辈出，历代从这里走出了林则徐、沈葆桢、严复、冰心、林觉民等许多对中国近现代进程，有着重要影响的人物。

这里坊巷相连，宅院错落，粉墙黛瓦，深幽雅静。一堆曾经的故事，一段凝固的历史，刻在朱门上，嵌于老墙间，迤逦在坊巷间。走进明清古建筑鲜活的三坊七巷，徘徊在悠长的青石巷弄，仿佛走在时空的隧道中，穿越了上千年的时空。抬眼望向高高的马鞍墙，多姿的飞檐翘角，窄长的蓝天，这一切让人沉醉。曾经有多少的历史古城在风雨飘摇中灰飞烟灭，而三坊七巷却从晋唐走过来了，几经沧海桑田、社会变迁。令人心灵震撼，肃然起敬。

鼓楼，人文荟萃、古今相融、生态宜居，不愧为来了就不想走的福地！

东壁岛行

汽车从福清龙田镇东营村驶向长长的堤坝开始，一眼便看见另一端的东壁岛。盛夏的阳光热辣，在广袤海滩上氤氲的岚雾中，岛上的山峦若隐若现，增添了几分神秘感。

东壁岛，多么响亮又庄严的地名。据传是明代抗倭英雄戚继光视其为海疆东面的壁垒屏障，故称“东壁”。

东壁岛上有民间流传的通往神仙国度的“海上河”、永不干涸的 “不老泉”、“神龙救人”的海上沙坝……尤其是东壁岛上最高的山峰九使山，虽然高度不足百米，但是，山上错落分布着九使公大殿、通天洞府、巨蟒望月，以及群猴欢跃下山参加蟠桃盛会的象形石景，造型酷似上古时期母系氏族生命崇拜的图腾女娲遗石。这些零散点缀的天然景观，演绎出众多神话故事，生动有趣，耐人寻味。

东壁岛处于龙高半岛漫长曲折海岸线上，早年是个贫瘠的孤岛。近年来，九使山兴起的摩崖山岩上的石刻群，将书画题刻之美融入自然景观，人文气息与海岛风光交相辉映、相得益彰。与此同时，岛上积极践行的大力发展滩涂养蛤、航运与旅游观光业等乡村振兴战略，使东壁岛日渐实现华丽转身。如今这里声名鹊起，已然吸引着四面八方的人纷至沓来。

那日，我随着采风团来到东壁岛，徐步攀登九使山。沿着“登云道”绕行，但见两旁的山岩、崖壁上名家的书画作品镌刻其上。迂缓山间，仿佛徜徉于书画艺术长廊，墨香盈袖，浮躁和炽热顿然消弭。其中赵朴初、启功、郑乃珖、万籁鸣、余险峰等文化名人的手迹，令人叹为观止，赏心悦目。而刻在巨石上的毛主席诗词、老一辈革命家程序等人的题字，浓郁的红色文化气息扑面而来，令人敬仰，不由地追忆革命战争历史。

陪同采风团的本地向导余明华先生热情淳朴，他对著名书画家余险峰等乡贤，精心策划打造富有文化内涵与张力的九使山景点，心系乡梓建设等善举连声赞叹。其实，我早有听闻余险峰先生为人为艺的好口碑，在前年福州一场知名诗人的诗集首发式上，对他那精彩的致辞记忆犹新。

都说文化是一种社会现象，同时又是一种历史现象，是人们长期创造物质财富和精神财富的积淀。领略了富有历史文化与人文气息的九使山，让我不禁想起余险峰先生在一篇大作中提到的东壁岛称谓“文”解之说，大意是古典文史资料中关于“东壁”一词指宫殿的藏书之所，由是推测东壁岛曾经或许是个书香弥漫、翰墨生辉之地。远古的东壁岛，究竟是怎样的情景？不得而知。但是，在漫长的岁月长河中，岛上积淀的神秘闽人“蛇”

图腾崇拜“九使”信仰文化，以及丰富的自然与人文景观，让我感到，似乎“东壁”一词的“文”解也很应景。

“这是九使公大殿，那是女娲遗石，上面是神鳌出海，往北边看，就是万象迎春……”我们一边听着余明华先生的解说，一边拾级而上，九使山的十大景观渐次进入眼帘。

绕过新建的庄严肃穆、香烟袅袅的九使公庙，看到附近横卧的一块巨石上方，刻有“通天洞”二字，阳光透过旁边绿树投下斑驳的树荫静泻其上，随风摇曳，忽暗忽明。余明华先生接续介绍：巨石的下方，原有九使洞。古时，九使公庙的原址建在九使洞中，信众进庙奉祀九使公神灵，必须躬身从洞口行走才能到达庙前。庙前与庙下都有石洞，洞洞相连，幽邃莫测。

一座庙、一尊神仙，如果没有庇佑普罗大众，也只是形同虚设，徒有虚名。好在九使公向来默默给民众带来福祉。传说渔民出海遇上大雾，九使公便于山顶口吐明珠，指引航行。而九使洞也成了民众的避难之所。曾经日寇侵袭东壁岛，百姓匿藏洞内，日寇上岸后，不见村民人影，就到九使山上搜寻了半天毫无所获，担心海水退潮，军舰搁浅，只好悻悻地撤离。又如在反动派四处镇压革命的白色恐怖时期，革命前辈黄孝敏与程序等先后乘船登岛，进洞避难，躲过国民党的追捕……

海岛环境恶劣，大海变化莫测。在科学落后的年代，一场台风狂飙，舟船顷刻覆没，田庐转眼成为废墟，岛民只好祈求神灵保佑平安。于是，九使公庙信众虔诚膜拜，烟火绵长。

伫立九使山的顶峰，视野宽阔。时值午后，海风清爽，日光正艳，北望是碧波万顷的东海，清晰可见连接福平高速公路的平潭海峡公铁两用大桥，在海气折射出来琥珀色的光彩中，仿如一座彩虹横亘海峡上空。

九使山的高处，山岩嶙峋，仰望一块巨岩上镌刻的赵朴初先生的“观海”二字手迹，骨力浑厚，宽博舒展，有大海之气势。那浩渺的大海、蔚蓝的海天，对于从小生长平潭海边的我，多了一分亲切。

俯瞰东壁岛连接陆地的南北两条堤坝，像两条欢腾的巨龙，让我喟叹不已。犹记得二十多年前，一个老家在福清龙田镇的同学，邀我游览东壁岛，当一听到需要乘坐小船过渡，脑海里立刻涌现出曾经饱受平潭海峡轮渡的颠簸折腾之苦，心有余悸，只好取消行程。

环顾身边，山岩旁边、石头隙罅间长着青翠的野山松与槟柃，任凭风吹日晒。这些海岛植物顽强的生命力，令人感慨，她们不正是象征着勤劳勇敢的岛民？远古时，东壁岛的先祖踏浪越海，扎根孤岛，挖石筑庐，耕荒猎鱼，薪火相传，生生不息。当岛上物质资源日渐枯竭，后人把目光投向岛外求生存。有的漂洋过海到异域，远别亲人，艰辛谋生；有的走向内陆，拼搏创业，开辟一片天地。

记得哲学家卢梭考察人类社会发展进程说道：“追求幸福乃是人类活动的唯一方向。”幸福的生活需要经过自己的奋斗才能得到，而生活在岛上的人们，面前这片隔离福清陆地间数千米的浅海，无疑是岛民追求幸福路上的障碍。于是，他们苦苦地探索着怎样克服地理环境的劣势，因地制宜改善生活面貌。

潮起潮落，星转斗移。时光迈入本世纪初，从2004年起，一场声势浩大的围海工程动工……

在我眼里，东壁岛上建成的海堤，与不远处的平潭海峡大桥有异曲同工之妙，她们犹如大陆伸出有力的手臂，紧紧拉住孤岛，让海岛跟上时代前进的步伐，生机盎然。如今，海堤左侧是内海，乃是全国最大的蛤苗养殖基地；海堤右侧面向平潭海峡，连接东海。近年来，岛上众多的大吨位运输船队，从这里驰骋全国各大港口。

“下山了，我们走吧！”采风团领队招呼着大家返程。由于时间仓促，我来不及观赏夕阳西下的海景与余险峰先生书画艺术馆，依依不舍地踏上返程的车辆。

汽车缓缓行驶堤坝，我默默地回望那渐行渐远的东壁岛，耳边传来隐约的涛声，倏忽间感到，这不正是大海在低吟浅唱东壁岛的一阕清歌？

那歌声中，有海岛先民拓荒垦殖邈渺的号子声；有戍岛将士与民众抵御倭寇留下永不止歇的余音；有一代代岛民向海而生，筚路蓝缕，奋力拼搏的气势。那歌声吟咏：这仿若苍龙的堤坝，牵引着东壁岛走向福地。

海峡风吟

海峡风大。当你的脚尖刚刚踏上台湾海峡西岸的平潭岛，海风便扑面迎来寒暄，让人一不小心打了个趔趄才得以站稳。这是殷勤的海风给旅人留下最初的海岛印记。

其实，大自然的风对于我们并不陌生，从天涯到海角，到处都有她的身影，无时不刻在我们身边流动着。潮起潮落，她伴随波涛奔腾不息；云卷云舒，她随性翻手为云覆手为雨。两千年前的《诗经·邶风·北风》中“北风其凉，雨雪其雱。惠而好我，携手同行”，描绘的是北风呼啸，雨雪纷飞中亲友携手逃离的情景。而杜甫《茅屋为秋风所破歌》中的“八月秋高风怒号，卷我屋上三重茅”，描写了秋风的来势之凶猛，表达出诗人对茅屋被秋风所摧毁的愤慨。在浩瀚的诗文史料中，关于“风”这个物象的描述，反映更多的是世人对其肆无忌惮变化多端的天性，感到畏惧与无奈。我生长平潭，从小与海风耳鬓厮磨，对于故乡海风的感受尤为深刻。

一

今天，回平潭又一次来到海峡，只是汽车的导航已经把行程指向新建的长乐连接平潭的海峡公铁大桥，已然不用乘坐福清与平潭之间海峡的轮渡，但是，蛰伏于记忆深处的轮渡情景却愈发清亮起来。十多年前，平潭是个地地道道的孤岛。岛民主要通过轮渡出入海岛，受尽了轮渡折磨之苦。有一年春节前夕，我回老家过年，刚刚赶到福清小山东码头，却碰上天公不作美，海上突然刮起大风，轮渡停摆。急得直跺脚，对着茫茫海峡“望洋兴叹”，彼时凛冽的海风吹打着我，每当我忆起，心口仍在隐隐作痛。

“万壑俯临谁作障，一声长啸欲乘风！”这是清代平潭名儒施天章登临岚气弥漫的君山，俯瞰沟壑纵横的险要地势时咏叹的诗句。海水泱泱，时光悠悠。似乎先贤的这声长啸没有被旷远的岁月世尘所湮没，这么一个喟然长叹，沉寂了几个世纪后终于迎来了回应。2010 年 11 月底，海峡上传来了一声长啸的汽笛声，汽车轮子滚滚驶过新建的跨越平潭与福清之间的第一座海峡大桥。让人惊喜的是，过了十年后的 2020 年 12 月底，随风飘来又是一声汽笛的长鸣，却是迎来了一辆高铁火车长驱直入新建成的平潭海峡公铁大桥。这座桥建于被世人称为“造桥禁区”的长乐松下港与平潭苏澳之间海峡，从此，进出海岛又多出了一条快速的跨海通道。自古以来，一道弯弯的海峡隔断了平潭与大陆的连接，是横亘在海岛人心海上的精神枷锁。如今，海峡上双桥飞架，天堑变通途，让海岛人的自豪感之情油然而生。

此刻，我驱车缓缓驶上公铁大桥，海风吹打海浪，桥边波涛翻涌，桥道上却是细风和煦，车子平稳驰骋。怎的海面上吹来直呼呼、硬生生的大风到桥上却成了“强弩之末”？心生纳闷，特地减慢车速，摇下车窗察看。原来，大桥两侧安装了“黑科技”的挡风板，这种带有降低风速与改变风向的“神器”，有效减缓了风力的直面冲击，确保在10级以上大风的环境下车辆能够安稳通行。在新建的公铁大桥附近海域，全年至少有三分之一的时间刮8级以上大风，其风浪之恶与百慕大、好望角齐名，称为世界三大风口。恶劣的气候、复杂的施工环境，给平潭海峡公铁大桥的建设带来了无数艰难和障碍。但是，勇敢的建设者们勇于超越创新，克服重重困难，奇迹般地建成世界最长、最美的海上公铁两用大桥。海峡大桥连接的是曾经孤悬的离岛与厚实的陆地。一座铁桥拴住她们，仿如母亲伸出有力的手臂拉住孤单的孩子，从此孤岛不再失落，紧跟上时代前进的步伐。

二

“平潭岛，光长石头不长草，风沙满地跑。”正如古老的民谣所描述，平潭岛处于台湾海峡的突出部，是海风最眷顾的地方。当越冬回归的海鸥带来春的讯息，从西太平洋吹来的季风便接踵而来，直扑这座海岛。然后，这阵和煦的海风在海岛的春夏季节里短暂兜转片刻，旋即转为秋冬季强悍的东北或西北风。其间，还发飙几场凶猛的台风。

无处不在的海风，在海岛的四季里不停地疾走。一路跌跌撞撞，来来往往，多为凛冽，更有悲怆。

平潭海域在长达数百年的时间里，有相当数量的船只遭遇风浪袭击沉没。早年岛上有句俗语：“风小砧板声，风大涕哭声。”彼时的海风，便是渔民命运的主宰者。飘忽不定、神秘诡异的风，令人惊怵。因了对肆虐的海风惧怕与屈服，岛民祈求得到上苍的保佑。于是，民间便有了“蓬莱大仙”造化“君山”挡风防沙的神话传说。有时候神仙的意愿失灵，海风依旧恶性不改，石牌洋上咆哮着狂风巨浪，“半洋石帆”折戟沉海，渔民命悬一线。往往一场台风狂飙，能让村野的树木连根拔起、田庐转眼成为废墟。清初发生的“狂风过处风沙起，一夜沙埋十八村”风灾情景，令人刻骨铭心。

时节如流，长风当歌。咸湿的海风长年厮守海岛，海风在岛民身上留下了深刻的烙印。在海风呼啦啦作响的环境下，为了让人听清讲话，岛民的嗓门通常较大。当然，海风也铸就了海岛人处事风风火火、爽直敢拼的性格。

风吹海峡，经过漫长岁月的风雨洗礼，岛民对海风渐渐转入积极的防御。在山麓的南面，或在山坳处，用坚硬的岩石建筑房屋。房屋从基础、墙体、梁柱到门框等几乎都用石料。石厝的屋檐外延极短，墙体的北面窗口极小。除外，屋顶上也是用沉重的石块压着瓦片。

有的小平房、撇舍，干脆用长石条铺成屋顶。同时，还在海岸上筑起了高高的堤坝，用来防风防汛。新中国成立后，政府发动民众在岛上广植木麻黄防风林带，起到了有效的防风固沙作用。

庄子的《逍遥游》中不是描述了列子“御风而行”的神话寓言么？岛上缺水、缺煤，缺乏水电、也缺乏火电资源。但是，海风低头不见抬头见，岛上的最不缺的是海风。随着科技的发展，人类终于驯服驾驭了大风，开发发展风力发电技术。

如今，岛上高耸着许多风车，原先我行我素的海风，终于乖乖地顺应了人们的意志，不觉疲倦地吹动着风车，源源不断地输出绿色高效的能源。此时的海风，犹如清代袁枚的诗句所描绘“春风如贵客，一到便繁华”，令人景仰，受人欢迎。

风吹海峡，吹走了海岛人漂泊于狂风骇浪、艰辛谋生的苦涩光阴，吹来了改革开放的春风，吹来了人们对美好幸福生活的憧憬，给海岛平添了靓丽和灵动。

如今且看蔚蓝的海湾上，处处是热闹的景象：人们漫步在细白的沙滩上，牵着摇曳的风筝，放飞心情；或观海听涛，踏浪拾贝。

宽敞的环岛路和亮丽的生态观光廊道上，游人如织，自行车手御风而行。新建的海峡公铁大桥上，海风的呼啸声伴随着奔驰的汽车、高铁鸣笛声，激励着海岛奔向诗和远方……

烟墩山记

一

明嘉靖三十八年六月，倭寇袭扰平潭沿海，劫杀无度，英勇的戚家军冒着酷暑自福清渡海，一举将倭寇歼灭。之后，戚家军勘察地形，选择在海岛北部山上建烽火台。这座陡峭的山峰，遂被乡民称为烟墩山。

我从小在烟墩山下长大，曾经登上人迹罕至的烟墩山，那幽微沉潜的烟墩古迹，萦系于心，难以忘怀。因担忧山高路陡、草木荆棘，多次想攀登未果。

元旦的午后，因了新开通的平潭北部湾生态观光廊道经过烟墩山麓，暌别二十多年后，如愿以偿重上烟墩山。

驱车从老家的国彩村边环岛路转入北部湾生态观光廊道，掠过起伏的丘陵、多彩的山野，不到十分钟的车程，便抵达烟墩山半山腰的“岚道”景点，停车后开始往山顶攀登。

站在烟墩山顶放眼远望，视野豁然开阔，不由得豪爽之气，荡胸而起。

烟墩山的南侧丘陵绵延，相思树、小山松相间，色彩斑斓。北侧峰峦延伸海边，山海交融。碧浪拍崖，飘逸开来的水雾在午后的阳光照射下，形成氤氲的雾岚，随着海风轻拂，缥缈不定。雾来峰更佳，雾散山如画。

北部湾生态观光廊道蜿蜒于漫长曲折的海岸线，车道上车流熙攘，景点上人头攒动，山海风光尽收眼底。

广袤的长江澳，银滩碧海，水波浩淼。海滩西南面连接的是一片葱郁的木麻黄丛林，这里是平潭北部的风口，清朝时曾发生风沙一夜淹埋附近十八个村庄的悲剧，令人刻骨铭心。中华人民共和国诞生后，政府组织岛民广植木麻黄防护林，起到了有效的防风固沙作用。如今，这里耸立着许多巨型的风力发电风车，似乎原先肆意妄为的海风，现在乖乖地顺应人们的意志，不觉疲倦地吹动着风车，为社会源源不断地输出绿色高效的电力能源。

远眺新开通的平潭海峡公铁两用大桥，犹如一道亮丽的彩虹飞架于碧海蓝天之中。此刻，不禁想起十年前的平潭是个地地道道的孤岛，岛民主要通过乘坐轮渡出入海岛，受尽了风浪颠簸之苦。

2010年11月底，平潭海峡建成第一座跨海大桥通车，历尽沧桑的渡轮渐渐地退出了历史舞台。更让人引以为豪的是，过了十年后，在风浪之大与百慕大、好望角齐名，称为世界三大风口之一的平潭与长乐之间海峡“造桥禁区”上，建成了世界最长的海峡公铁大桥。大桥连接的是孤悬的海岛与厚实的陆地。铁桥拴住她们，仿如母亲伸出有力的手臂牵住孤单的孩子。

二

烟墩山毗邻台湾海峡，极目向东，苍茫的大海外是台湾岛，再往东北处是钓鱼岛。平潭岛孤悬于台湾海峡，历史上被视为蛮夷之地，是难以防御却也是一处战略要地，屡遭倭寇侵袭。

烟墩山上，明嘉靖年间留下的抗倭痕迹依稀可见。山峰的北面尚遗留着一小截古老的墙堞，当拨开斑驳的相思树枝与槟柃荆棘靠近墙边，发现一处破垛碎石。根据民国版的《平潭县志》记载："烟墩山上原有烟墩台大小各一座，东西并列，石砌椭圆形，北有司火者住所遗址，有甬道，通南向，后立有旗杆夹。"借此，判断那断垣碎石是烟墩的台垛。由于年代久远，历经五百年的风侵雨蚀，烽火台破损严重，面目全非。如今，烽烟远逝，甬道无踪，只留下残墙断垣。墙垣上长满幽暗的青苔，默默地把烟墩山曾经的沧桑和悲壮收藏起来。

时值午后，山崖幽寂。忽然，一阵海风吹来，颤动的相思树枝梢发出沙沙的声响，掺杂海风吹拂山崖的回音，形成曼妙的声响。霎时，我思绪漫涌，恍然穿越时空，从今上溯到千百年前一幕又一幕生动的人物，一场又一场惨烈的场面，都在这渺渺茫茫、远远近近的声音中涌现。

这声响，仿如岛上先民踏浊浪、越狂涛来到这座荒岛，他们在刀耕火种、挖石筑庐、逐风捕鱼时，响起声声不息的渔歌与螺号的颤音。

这声响，仿如明嘉靖年间，民族英雄戚继光挺立于烽烟滚滚、旌旗猎猎的烟墩山上，眺望浩渺大海外的那些觊觎之敌国，叹咏“遥知百国微茫外，未敢忘危负岁华”，留下永不止歇的余音。

这声响，仿如抗日战争中，日寇纠集伪匪攻占平潭，海岛民众配合抗日军队浴血奋战，六度收复平潭，控制了海上交通要衢，在东南沿海抗战史上谱写了一曲华夏儿女抵御外侮的气壮山河的战歌……

这一桩桩沧桑往事，这一个个历史片段，经过漫长岁月的风雨洗礼，有的因功勋卓著彪炳史册，有的却因岁月旷远而被尘烟湮没。但是，海岛先民克服恶劣的自然环境，艰辛求生的顽强意志一脉相承；戍边将士与民众同仇敌忾，抗倭卫国的英勇精神薪火相传，激励着一代又一代的岛民刻苦创业、奋发向上。

三

太阳西沉，下山返回到半山腰的停车处。

环顾“岚道”景点，不禁想起年少时曾经结伴来这里耙捡干枝枯叶作烧饭柴火，有时在山岗上与隔壁村的同学玩耍攻占敌方阵地的游戏。曾经那个热闹的场面，记忆犹新。今天，又一次来到这里，只是银丝已染上霜白，脚步也不再那么矫健。

俯视烟墩山西侧山麓下不远处的玉堂村，顿起走访该村一个初中同学阿海的念头。于是，便驱车取道北部湾观光廊道进入玉堂村。

枕山襟海的玉堂村，古朴的石厝错落有致，几个老人坐在树荫下的石凳上喝茶聊天，显得安逸悠然。经过一番打听，在一座新开张的民宿里，终于找到老同学。多年不见的阿海变得黝黑结实，与念初中时清瘦弱小的他判若两人。早年阿海每天到我的村庄中心校上课，都得起早贪黑翻过烟墩山，行走崎岖不平的羊肠小道，苦不堪言。

一阵寒暄后，阿海拿出好茶热情地款待我，在淡淡的茶香中叙旧话新，甚是惬意。站在阿海民宿门口，青山碧海就在眼前。平静的海面上舟船点点，斜阳朗照，波光潋滟。这风光旖旎的渔村，着实是人们心仪的旅游胜地。

返程路上，遥望夕阳渐落公铁大桥经过的大练岛山上，绯红的晚霞映晕四周，仿若给海天披上轻柔的霞帔。晚霞、苍山、风车、大桥，宛如一幅水彩般的画卷，令人陶醉。

烽火掠过烟墩山，苍烟湮逝星斗转。海岛人颠簸于惊涛骇浪，筚路蓝缕挣扎在苦海边沿的感伤光阴，渐渐远去。

渔村印记

古朴的石厝鳞次栉比、错落有致，青翠的木麻黄点缀村间，轻盈灵动。村子西边翠峰叠嶂，阡陌纵横；东边的长江澳海滩广袤平坦，银沙碧浪。这就是地处平潭岛东北部多彩多姿的国彩村。

沧桑的国彩村，人们说不清她的具体年龄，但村边马鞍山的考古遗址，长江澳海滩上的“仙磹”巨岩，以及村上的古井，默默地见证这是一个历史悠久的村庄，倾诉着岁月的更迭、村子的变迁……

国彩村原名伯塘村，也叫“北垱村”。1951 年，为了纪念解放平潭而牺牲的烈士吴国彩而更名为“国彩村”。国彩村是平潭重点革命老区基点村之一，有着优良的革命传统。村上共有对解放海岛作过贡献的“五老”人员 100 多名，并走出了人民游击队队长、地下党区委书记、解放军部队师级干部等。

近千户的村民，以吴姓居多，兼有林、陈、李、高、薛、游、张、周等十多个姓氏。村风淳朴，邻里和睦。村民世代以打鱼为主，耕地为辅。主要的农活，就是春耕花生杂粮，秋冬主收地瓜。

踏入幽静的村子，青石块铺就的小路，纵横交织着石厝、小溪、木麻黄树，构成原生态的境地。伫立石厝边，抚摸长着青苔的墙面，顿觉心清素简，安然自在。村落里浸溢着五口清澈甘甜的古井。这些古井，圆月形井口，花岗岩铺面，弧圆形围墙。造型简素，古朴悠然。早年村上没有安装自来水，而古井清泉，夏凉冬热，滋润养育着村上人家。

村中坐落一栋建于明末清初，历经沧桑岁月的吴氏祠堂。祠堂内石柱、梁脊等构件雕刻图案精美，色彩别致。新中国成立后，祠堂曾一度改为国彩学校的教室。朗朗的读书声，浓厚的耕学传统，造就了村上众多的寒门子女走进国内外名校，涌现出清华大学原教务长、福州大学原校长吴敏生等多位业界精英。

祠堂的南边矗立一栋红色屋顶，庄严肃穆的基督教堂。大大的十字架，耸立在众多石头厝中，分外显眼。教堂旁边有一座乡镇标准的村电影院。这座电影院，建于上世纪 80 年代，当时是平潭乡村唯一的电影院，设有近千人的座位。漆成红色的木椅子一排排整齐展开，正前方的舞台相当宽阔。在电影院里，可以看到一面“红色历史墙”，墙上记录下了游击队员巧袭敌艇、攻打平潭中正堂等对敌斗争中的英雄人物光辉事迹。

优美的自然环境，厚重的人文景观与红色文化的积淀，使得国彩村获得省级“美丽乡村示范村”“金牌旅游村”等称号。

海岛上季风性气候特征明显，秋冬海风凛冽，夏季湿热。春天，风和景明，带来欢欣与希望。人们盼望着冬天的结束，开春后，户外活动的人就多了起来。晴朗的日子，更是村民讨小海的好季节，他们到海边附近的礁石滩上，或者离村庄不远的大嵩岛，撬捡海螺、海蛎，或者垂钓小石斑、章鱼等。这些，既给日常单调的地瓜为主的“咸三顿”增添了滋味与色彩，也为早年苦涩的日子平添了乐趣。

上世纪七八十年代，处于东北部风口的长江澳海滩上，沙地里外积累许多的贝壳。那时，海岛经济落后，村民为谋求经济的发展，纷纷到海滩上挖捡贝壳，把品相好的挑拣起来出售给贝壳加工厂生产工艺品。剩下的就出售给石灰厂，烧制成白灰，作为建造房屋和修船的重要材料。后来，由于海洋环境的变化与水泥在建筑业的普及，壳灰生产业也就逐渐消失。而随着近海渔业资源的衰落，为了生计，村上青少年纷纷外出谋生打拼。村里留守的大多是老人，他们与木麻黄一道默默地守护着渐渐寂寥的村子，守望着远出的儿女。

“闲云潭影日悠悠，物换星移几度秋。”近年来，综合实验区开发开放的春风唤醒了沉寂的国彩村。曾经走南闯北打拼创业的乡亲，纷纷回到老家投身乡村振兴建设。村里开发了石厝民宿旅馆业、推广海上养殖业与特色文化旅游经营。苏平镇国彩联合党委书记吴海英、华夏银行福建省分行原副行长吴国等乡贤，积极策划春节联欢活动，组织邀请各地乡亲春节假期回村参加活动，以推进村庄新风尚建设与加深乡亲联谊。

如今，村上逐步加大了村容村貌建设，铺设了水泥路，清理扩建了玉带溪。宽敞的海坛环岛公路已经延伸到国彩村西边，而北部湾观光廊道东线横穿村庄东面。海堤上修建了似钢琴优雅造型的海景观光台，种植了绿树……

“我有一所房子，面朝大海，春暖花开。”这是诗人海子向往美好生活的写照，也是对国彩村迷人景观的最好诠释。斑斓错落的石厝与厚重的红色文化景点相互映衬，清澈的玉带溪流与银滩碧海浪漫交融。人们可以在这里放下凡尘琐事，聆听红色故事，与大海来一场亲密的邂逅。

通天之门

《道德经》云：天门开阖。天门究竟是什么？为什么在山隅海陬的大练岛上会有通天门？据传明代“十八学士”赴京赶考，遭上狂风骇浪，全部葬身于通天门附近险滩，化身巨石，悲天恸地……这些问题与迹象似乎不可思议，萦怀我心。在平潭海峡公铁大桥建成前，我曾计划登岛探访通天门，但因交通不便未果。

初夏的一个傍晚，我从平潭回福州途中由新开通的海峡公铁大桥中间的岔路拐到大练岛，想去通天门一窥究竟，却因天色太晚与涨潮无法走近，只好抱憾打道回府。

立秋过后清朗的午后，特地约上文友，从福州再次驱车前往大练岛。

车子沿着蜿蜒起伏的山路直奔通天门的方向，时而穿越蓊郁的相思树丛林，时而蛇行于崎岖的山道。窗外闪过的山野、村落、海滩、碧海，扑入眼帘的是淡绿、土黄、深蓝……斑斓多彩，交相映衬。

山峦绵延，车越往前走，山道越发逼仄、深幽。咸涩的海风吹打树枝飒飒作响，显得苍凉。20分钟左右，我们越过红山村、月举村，终于到达临近通天门的岭下村山崖处。

俯瞰弯弯曲曲的海湾上，五颜六色的鹅卵石和嶙峋杂乱的礁岩星罗棋布海滩。阳光洒照，水雾氤氲，礁岩、鹅卵石炫彩耀目、变幻缥缈。都说天荒地老海枯石烂，然而，星辰流转奈何不了这里的礁岩。仿佛海水漫过万亿年，火山喷发岩浆漫溢，浪淘风蚀镌刻这里亘古不变的奇葩滩礁景观。不由赞叹，平潭不愧为海蚀地貌秀甲东南！

在凌乱光滑的礁岩上行走，只能徐步蹑足而行。有时必须手脚并用，匍匐攀爬。约莫十分钟过后，仍不见通天门的踪影。同行的林耀琼老师与师娘等还在后头，走得快的我与毛祥明只好徐步蹀躞海滩。

礁石上，不时瞥见一些海蟑螂从岩缝中窜出爬行觅食，暗自忖度，抑或临近天门，海岸线生态良好，这里天然生长的海蛎与贝螺特别肥美鲜甜？海面上碧波荡漾，舟船点点，几只海鸥贴着海面低空飞翔，显得悠然。时间的脚步在这里变得从容纡徐，让人感到远离尘嚣，幽静之情油然而生。

我们边走边等，询问了海边拾捡螺贝的村民，得知通天门就在前方山脉延伸进大海的岬角处，便喜出望外。果然，向前数百米，一座山崖横空斜插入海，几乎挡住了去路。仰视这座悬崖峭壁，巍峨壮阔。峭壁上部的岩体褐黄斑驳，长期经历天风海涛的冲刷，仿如一面沧桑斑驳的帆布，给人以“直挂云帆济沧海”的气势。

峭壁中间有一门洞，门框高约十米余，最宽处约四米左右。这是由于峭壁经过亿万年海风海浪的吹打冲刷、风蚀，岬角两侧的岩石逐渐剥落、相通，渐而形成这雄伟壮丽的通天门景观。

近观通天门的洞壁上，火山熔岩经过海蚀风化，色泽斑斓，光怪陆离，褐红、暗紫、灰白各色相间相融。洞道上散落着横七竖八，五颜六色的鹅卵石。此时，海水退潮见底，礁岩低洼处的海水哗哗流动声，更觉深幽。

站在鬼斧神工般的大自然杰作面前，顿感时光的倥偬，宇宙的无穷与人类自身的渺小，给人无尽的遐想。也许，那是天宫上的嫦娥不小心打翻了调色盘，泼洒形成了斑斓多彩的通天门；也许，是天风的随意描绘，是海涛的无心涂抹，染就成这般瑰丽的景观？

平潭民间，流传着各路神仙巡游海坛的神话，不用说岛上有着八仙路过青峰山的“仙人桥”、“海坛天神”流连忘返塘屿岛、铁拐李大闹东海的“仙人井”、月举山上垂涎欲滴的“仙桃石”等神仙造化的众多奇岩景观。像这样横空斜插入海的山崖岬角，几乎挡住了神仙过路海岸的通道，于是，他们逢山开路、遇崖凿门顺理成章。然而，通天门所处的地域尤为偏僻，鬼斧神工般雕刻的海蚀地貌尤为奇险，令人喟叹。

通天门之称，意蕴深远。苍穹仙境，众神向往，人类何尝不是如此？大练岛位于台湾海峡西岸的突出部，处在长乐松下港与平潭苏澳海上通道之间。这里的海风之大与百慕大三角、好望角齐名，并称世界三大风口之一。岛民长年遭受狂风恶浪折磨，向往幸福宁静的生活。面临海峡鸿沟，出岛艰难，他们寄望于茫茫海底有神秘的通道连接对岸。于是，民间流传着许多神话故事。《平潭县志》（1922 年民国版）中记载：平潭主岛上的红卫村后山上的“道彰岩”旁边有个岩洞，洞深幽长，村民发现有山羊从此进入，在隔海的大练岛海滩上洞口出来。有趣的是，大练岛高中同学曾经告诉我，他们村的老人早年发现通天门附近有个岩洞，村民结伴轮流点着火把进入岩洞，走了近一个小时仍不见出口，只好退回。

很久以前通天门附近的岩洞从海底通到主岛？无从深究。据平潭“壳丘头”新石器时代遗址发掘、考证，专家推断远在六七千年前岛上就有人类活动。漫长的地壳变迁，以及人类改造大自然活动等等，主岛与离岛之间存在相通的岩洞是有可能的。但是，我更相信由于早年经济落后，人们架桥无望，只能希望两岸间有天然的溶洞相连，因而有了这种美好的神话传说。

夕阳西下，潮水渐渐上涨。走在前头的罗明招呼我们尽快爬上岸边的高处。于是，我依依不舍地离开通天门。

站在山崖上，长天旷朗，大海浩渺。浪涛推涌，海风呼啸，高高探出海面上的风车摇曳，似乎向我们招手致意，令我感慨良多。曾经海岛缺乏水电，也缺乏火电资源。随着科技的发展，岛上积极开发风力发电，源源不断的绿色高效能源，给海岛带来光明。

远眺平潭海峡公铁大桥飞架大练岛，动车驰骋。昔日沧桑的轮渡，已经停泊于岁月荒芜的码头。同行的南雁老师说，前几年来大练岛旅游，因遇上台风轮渡停摆，困窘大练岛多天的往事，让我唏嘘。不由想起读高中时，班上的大练岛同学有时家里遇上急事，因风大渡轮停渡，回不了咫尺之近的孤岛，心急如焚，束手无策。

屈原的《九歌》中有“广开兮天门，纷吾乘兮玄云”，《离骚》中有“吾令帝阍开关兮，倚阊阖而望予”之句，此天门阊阖乃为天界之门，风、光、雨、露等都从此门出，是天施养万物之门，也是人人向往的地方。对于长期生活与交通闭塞、缺水缺电，凄风苦雨的大练岛百姓来说，他们何尝不是向往着通桥、通电、通水？然而，在经济落后的年代，这些无疑是个幻想。

平潭海峡公铁大桥串联大练岛，如同给大练岛插上两翼翅膀，跟上时代发展的步伐。如今，岛上古朴宁静的村落；山野上惟妙惟肖的奇岩怪石；海滩上独特的火山岩地貌，如海蚀岸、海蚀洞、海蚀柱、海蚀沟奇观，纷纷呈现在大众跟前。而随着乡村振兴推进，许多渔村积极发展民俗文旅业。这些色彩斑斓、层层错落的石厝，就像大练岛如练的浪花，荡漾于碧蓝的海岸上，吸引游客纷至沓来。

一座大桥改变了一座海岛，对于大练岛民众而言，不啻是开启一扇通往幸福生活的“天门”！

那抹翠绿

哲学家培根曾经说过：“一个打扮并不华贵，却端庄朴素、坚韧而辛勤奉献的人，是令人肃然起敬的。”

在我的心目中，平潭的木麻黄树，其貌不扬，有着顽强的生命力，默默造福海岛，值得敬仰与赞颂。她，不就是正如培根所说的那种人吗？

平潭风大地瘠，不宜生长娇花贵树。然而，木麻黄不畏惧风沙贫瘠，不追逐田地，不贪念阳光，也不需要浇灌施肥，只要有一点土壤与水分，就会顽强扎根成长、生生不息。故乡处处有她的影子，海滩、村庄、旷野上，一片片、一排排苍翠的木麻黄，她们或粗或细、或高或矮、或挨或挤，郁郁葱葱，苍劲挺拔。与银滩碧海相互映衬，呈现出一幅别致的海岛风景画。

故乡的故事宛如日历般一页页翻过，如季人生，花开花落，流年似水，而木麻黄之秉性，青了又黄黄了又青的丰盈，却依旧殷然在心中。

当初春的海风还裹挟着寒湿，田地里的青苗在氤氲晨雾滋润下，渐渐地伸展着单薄的嫩芽。木麻黄已经披上透着精气的绿衣，高昂笔直地站在田埂上，像是哨兵战士一样，保护着幼稚的庄稼，鲜艳的小花，不让她们受到任何的伤害。

早年，村上几乎每家都养殖小兔，大人忙着渔事农活，小孩负责打理家禽的饲料。天刚蒙蒙亮，我与小伙伴们提着竹篮，到田野的木麻黄树下采摘嫩绿的小草作为兔子的饲料。童伴吹起喇叭花的清音，掺揉着木麻黄树上“唧唧喳喳”的雀鸣声，飘荡在田野上空。

夏天来了，木麻黄长满了绿油油的针叶。骄阳下，她那繁茂的枝叶像一把巨伞遮挡着烈日，遮挡着酷暑，大人们在木麻黄的绿荫下织补渔网。小伙伴们则在树下捉迷藏，跳皮筋，快乐地嬉闹着。

到了星光灿烂的夜晚，一天劳作后的大人们坐在石厝边的木麻黄树下歇息纳凉。小伙伴们跑到路边木麻黄树下，在虫鸣“啾啾”的草丛中捕捉萤火虫。抑或搬个竹椅子坐在大人们旁边，静静地聆听着他们讲述民间神话故事。从家乡“君山”“哑巴皇帝”与“半洋石帆”等民间神话故事中，隐隐约约地领悟到家乡百姓向往安宁幸福生活的憧憬。

夏秋之际，由于平潭处于台湾海峡季风性强的地理位置，有时，台风接踵而来。海风呼啸，电闪雷鸣中，木麻黄承受着暴风骤雨无情的凌虐。台风过后，房前屋后一片狼藉，许多花木残躯断臂，落叶和树枝随处可见。然而，稍显稀疏的木麻黄依然伫立在那儿。我们给木麻黄修复整理那些弯折未断的树枝，几天后，木麻黄便会恢复枝繁叶茂，呈现出欣欣向荣的景象。

故乡的冬季，海风呼啸、草木枯寂是村野的主色调。泛黄的木麻黄枝叶随着季风吹拂，纷纷地从天空飘落下来，地上积起一层厚厚的、软茸茸的木麻黄针叶，这是海岛小孩“扒草”的旺季。那时，每到放学时间，我们小孩背着大箩筐，手里拿着“耙梳”，去耙拢木麻黄的枯枝落叶。在当时经济落后的海岛，木麻黄枯叶是每家烧饭的主要燃料。有时为了多拾捡到木麻黄枯叶，每到节假日清晨，太阳还没有在海面上露脸，我们就跨上一个装满水的行军壶，手里拿着“耙梳”从家乡海滩出发，沿着长江澳沙滩，行走近小时到芦洋埔的木麻黄树林丛中“扒草”。中午，我们看到附近的君山上村庄飘起袅袅的炊烟时，便将木麻黄枯叶扎成两捆，用“耙梳”的把柄作为扁担挑回。那时虽然肚子饥饿，肩上挑着沉甸甸的树叶，心里却洋溢着劳动收获的喜悦。

后来海岛发展了蜂窝煤、液化气、风力发电等，有了更多的饭菜烧煮方式选择，人们就淘汰了木麻黄枯叶作为烧饭的主要燃料。如今，早年的土火灶、风厢，已经沾满经年的风尘封存在古厝的角落；乡村家家户户炊烟袅袅的景象已经淡出了人们的视野；海岛小孩“扒草”的经历成了渐行渐远的海岛往事。

但是，我总会记起苦涩的海风中，零落的木麻黄枯叶会随着树冠周围飘飘洒洒，像一张软茸茸的绣花地毯，悄悄地铺在树干的周围，且飘洒自然，错落有致，那种温馨的美妙与年幼自食其力的快感，印刻在故土上，荡漾在游子心海里。

季节轮回，年复一年。木麻黄在春雨里成长，在夏阳下茂盛，在秋风中挺拔，在严冬里坚强。始终像忠实的卫士一样，不离不弃，日夜守护着海岛。

我在木麻黄树下度过了苦涩而欢乐的少年时光，高中毕业后怀着依依不舍的心情告别了木麻黄，离开家乡来到榕城学习工作。

初来乍到这个高楼林立的城市，街头巷尾有着绿荫蔽日的榕树，婀娜多姿的杨柳，还有姹紫嫣红的花卉。但是，却不见木麻黄树的身影，心头便涌上一股淡淡的惆怅……

不久，我在福州的一家书店里，发现了一本画册里有我国著名画家关山月的《绿色长城》画面，这是他在南方沿海体验生活时绘画的一幅木麻黄作品。于是，便高兴地购买画册回家。在这知识与信息快速变化的年代，尽管家里那不大的书柜经常更新着不同的书籍。但是，那本画册却始终珍藏于书柜中。客居他乡的岁月里，每当孤寂想念故土时，便打开这本画册，仔细端详木麻黄翠绿的画面，释放自己的怀念之情。

近几年，随着平潭综合试验区的发展，海岛的道路变宽了，路边各种花木也比以前多了。但是，每次回到故里，第一眼映入眼帘的还是那些朴实无华的木麻黄。

海风吹拂下，婆娑摇曳的木麻黄树枝犹如慈祥的母亲在亲切地挥手，招呼着远出的离人回归家乡这隅心灵的港湾，旅途的倦意顿然消失。只是村里早年那些在海滩踏浪、树下扒草的小伙伴们大多外出闯荡打拼，村子上看不到更多的烧饭时炊烟袅袅的情景。然而，木麻黄却是始终不离不弃家乡，她与错落有致的石厝已经成为忠实的伙伴，她们一静一动，形影相随。默默地装饰着海岛，给家乡减少了寂寞与单调，增添了灵动与美丽。木麻黄始终坚强地守护着海岛，使村庄不让海水淹没，田地不被风沙侵蚀。

风月无古今，情怀自深浅。我喜爱木麻黄，不仅因为她凝聚了无限的故土情愫，更重要的是她平凡的外表下，蕴含着博大朴素的胸怀，以及象征坚毅正直的海岛人品性。她不与娇花争艳，不与贵树争宠，每到关键时刻，却总能挺身而出，默默奉献，积极向上。

故乡的木麻黄，永远是我心头一抹难忘的翠绿！

贰 第二辑

大地行吟

山川走笔，草木撷英。描绘华夏大地山水田园美景，渗透作者的情愫与思考。

那漫山遍野的翠竹

——井冈山纪行

初秋时节，我怀着无比虔诚的心情，踏上井冈山这片改写中华民族历史的革命圣地。

井冈山，郁郁苍苍的林海层层叠叠，绵延五百里。这里远离喧嚣热闹，青山绿水，显得自然、清新、淡雅，而又浩荡、灵动、悠远。

八月的井冈山，虽没有遍地映红的杜鹃秀影，却不失翠绿挺拔的毛竹清姿。对于长期生活在东南沿海的我，深深地被这里漫山遍野的翠竹所陶醉，被这一棵棵翠竹所蕴含伟大的革命历史所震撼。

巍峨雄伟的井冈山，峰峦叠嶂，沟壑纵横，翠竹挺拔，高大俊秀，远看是一卷浓墨重彩的山水写意。

井冈山人民热爱翠竹，就像他们热爱杜鹃花一样深邃。

在老区人民的心中，杜鹃花是作为春天和革命胜利的象征。而翠竹则是象征着红军百折不屈的坚强斗志，浩荡长风的英雄气节。

井冈山是革命的山，也是英雄的山，光荣的山。老区人民也爱自豪地称井冈山的竹子是革命的竹子，英雄的竹子。

在战火纷飞的年代，郁郁葱葱的翠竹丛林，曾经掩护过革命战士。记得早年电影《闪闪的红星》中，井冈山上的翠竹，当年军民用竹筒盛水蒸饭，用它贮存盐水，躲避敌人的检查。还用它搭帐篷，做梭镖，摆布竹钉阵当武器，使多少白匪魂飞魄散，心惊胆战。

参观的第一站，是井冈山革命博物馆。

那日，天高云淡，秋阳正艳，博物馆周边的翠竹晶莹剔透，绿意婆娑，十分秀丽。观看了陈列着大量文物资料的展室，博物馆还运用声、光、电和实景模型等现代化手法，再现了那段艰苦卓绝的井冈山斗争史，我的内心受到深刻的震撼。在当年异常艰苦的条件下，毛泽东、朱德等老一辈革命家率领红军战士以惊人的毅力顽强地生存着、战斗着。

山区的秋天，气候多变。当我继续来到青山环抱，人流如川的井冈山革命烈士纪念馆时，晴朗天空变成了乌云密布，顷刻下起了蒙蒙细雨，给纪念馆增加了几分肃穆。

烟雨青山，四周翠竹的叶子，流淌着沥沥雨水，犹如在为井冈山上的英烈哭泣。我听着讲解员讲述那些悲壮惨烈、催人泪下的英雄故事时，心底顿时泛起阵阵肃然敬意。似乎看到了红军浴血奋战、视死如归的悲壮画卷；雕塑园中，目睹了金戈铁马、指挥若定的勃勃英姿；黄洋界上，听到了山头嘹亮的冲锋军公号和惊天动地的炮响。

茅坪村依山傍水，翠竹相拥，村间溪水潺潺。一代伟大毛主席在八角楼上，微弱的清油灯光下，纵览天下、高瞻远瞩，写下了《中国的红色政权为什么能够存在？》《井冈山的斗争》两篇光辉著作。总结前期斗争经验教训，分析了中国革命发展的规律，提出了“工农武装割据”的光辉思想，指引着中国革命胜利的道路。

茨坪红土两丛竹，群根破岩万竿出。断头余身犹举火，一炬燎原九州舒。井冈山翠竹象征了坚强不屈、勇敢乐观的军民，井冈翠竹点燃了中国革命的星星之火。

悠悠翠竹，青青绿叶，也象征着军民忠贞不渝的爱情。

优美的红色歌曲《十送红军》《红军啊哥您慢慢走》，情意绵绵，柔情似水的革命老区妹子，送走的是朝夕相处的心上人，留下的是日日夜夜的思念。

讲解员介绍，歌曲背景还蕴含着一个凄美的爱情故事。老区有位老妈妈，在烽火燎烟中，她送别新婚才三天就当了红军的丈夫。从此，丈夫再无音信。苦难中的老妈妈，信守送别丈夫时留下的诺言，对自己的公婆不离不弃。新中国成立后，老妈妈在住房前种了一棵相思的翠竹，期盼着当红军的丈夫早日回还。每天对着丈夫临别时送她唯一信物的那面镜子，道不尽绵延不断的思念之愁。

红军阿哥哟，你何时归？老妈妈每天劳动之余，总会坐在自家的门槛上深情地唱起当年送红军的山歌：“哎呀嘞哎，红军阿哥你慢些走，小心路上有石头碰到阿哥的脚指头，疼在阿妹的心上头。”望眼欲穿地期盼着当红军的丈夫快些回家……

老妈妈情深意切，催人泪下的事迹感动了人们，许多热心的人们一直在帮她寻找，最后经过多方查证，她丈夫所在的部队官兵全部牺牲在长征之初一场残酷的战役中。血雨腥风，硝烟滚滚，毛竹青了又黄，黄了又青，不向残暴低头，不向苦难弯腰；竹叶烧了，还有竹枝，竹枝断了，还有扎根地上的竹根。

“野火烧不尽，春风吹又生。”季节轮回，漫山遍野，向大地显露着无限生机的，依然是那一望无际的翠竹。

萧瑟秋风今又是，换了人间。巍巍井冈，翠竹依旧。

短暂数天的井冈山红土地之旅，聆听了战争历史，观览了革命旧址，体验了红军生活，使自己的思想受到一次深刻的红色文化的洗礼。

看山有感，观竹有得。井冈山之旅，更是一次心灵之旅。

森林公园写意

时光，匆匆拂过清秋飘逸的发鬓，掠过深秋澄澈的明眸。不经意间，冬天踏着四季更替的步伐款款走来。

今年的冬天与往年不同。初冬，福州尽显南方特有的秋冬天气寒热交缠、忽冷忽热的况味。进入“小寒”节气后，寒意渐浓，郊外的鼓岭、森林公园北侧的山峰纷纷飘起了白皑皑的雪花。

清晨，旭阳从鼓山上冉冉升起，驱散了绵延数天的阴寒天气，福州回到了明媚的日子。久违的阳光，撩拨我慵懒的身心，约上好友，如沐春风般走进森林公园。

步入园内，各种植物琳琅满目。可见到福州少有的水杉、珙桐、桫椤等珍稀植物。时值深冬，大地渐渐褪色，园里的树林不再浓郁，树枝斑驳稀疏。但是，因有园里水库湖水与山涧流水的漫浸，周边的山茶花、野菊花等依旧叶绿花艳，散发着淡淡的幽香。

冬日的暖阳，虽然没有夏阳的璀璨炽热，没有秋阳的明媚柔婉，却给大自然带来深沉冷洁的美。洒在地上，似乎还弥留夏秋的热度，有着冷冷的高雅，暖暖的洁白，沁人心扉；洒在稀疏斑驳的银杏树上，金黄色的杏叶流光溢彩，使深邃静寂的山径显得活脱灵动。

"银杏自无语，风华落径深。"一阵风吹来，银杏的落叶发出"沙沙"的声音，给人以萧索悲凉的感觉。不过，移目银杏树枝，新生的嫩芽已经毛尖出来，使人想到繁花似锦的春天就要来临；再仰望树梢，也似精神焕发，枝干挺拔伸向天空，枝丫透出坚韧和刚劲，浑然不似秋日骄阳下的那般懒散。

银杏为落叶乔木，枝叶细长扇形，生长缓慢，寿命极长。银杏极其顽强的生命力，令人赞叹。而其内外兼具的美，更是让我喜爱不已。

银杏春发绿叶，初夏开花，秋冬后，杏叶由墨绿色转为褐黄色，渐渐变成金灿灿的身影，十分亮丽，充满祥和。冬天，银杏弥留秋水长天的身影，每季积蓄的力量，均已渗入其寒冷与萧条里。一年的荣枯盛衰，四季沐风淫雨，一切的喜怒哀乐，都沉淀在秋冬季的落叶中，最终飘零化为香泥，孕育新的生命。

草木有四季轮回。人生则不同，人生的四季只有一次。被大自然赋予的生命流淌在岁月的长河里，随着云起云走，花开花落，年复一年，哪堪回首？弹指间，便是人生一世。人生不易，且当珍惜！

沿着龙潭旁弯弯曲曲的小径上行，映入眼帘的是一潭深幽的湖水。湖边的一排栾树叶色泛黄，秋天结下的褐红色果实不见踪影。

湖边多年前的野炊烧烤区域已不复存在。那年的一个周末，我们单位组织出游，曾在这野炊烧烤。彼时，几个新入职的年轻同事，举着采摘的蒲公英在湖边奔跑嬉闹，毛茸茸的花絮随风摇曳，宛若丝丝棉绒，纷纷扬扬洒落在草地上。他们银铃般的笑声掺和着“哗哗”的流水声，响彻了寂寥的山谷。那个热闹的情景，记忆犹新。

如今那个野炊烧烤地方没了，看到的却是因受那年“龙王”台风袭击损毁的坑坑洼洼地面，以及爆发的龙潭山洪冲击下游带来的杂乱石堆。长满青苔的山岩，似乎见证了当年凶悍的“龙王”台风肆虐时满目疮痍的场面。近年来福州风调雨顺，几次强台风擦肩而过，幸无大碍。其实，不妨在森林公园里长期保留些台风带来破坏的痕迹遗址。这样也好，可以提醒人们居安思危，时刻保持防范自然灾害的意识。因为，毕竟自然规律是不以人们的意志为转移的，世间时常突发“黑天鹅”。在大自然面前，人是很渺小、脆弱的。人类只有充分认识自然规律，防患于未然，才能更好地趋利避害。望向附近挺立的银杏，我不禁喟叹。那些纤细的枝干，能经受得住多少狂风暴雨的洗礼？转而看到那更老一些的银杏树，她们高大而魁梧，那被灰色树皮包裹的树枝上，留下的那些是被岁月刻下的沧桑……

时近中午，回程路上，我们顺便到公园里的一个茶馆停歇。

一条清幽的龙潭山泉伴着山涧的花花草草流到水库，整个园林的陈年往事，似乎都在这涧水淙淙流淌中被洗去，龙潭痴心地流淌把那些沧桑和悲欢收藏了起来。

暖阳朗照，山林中氤氲的雾气，映在清澈的龙潭涧流中随着光影悠然漂游远去。游人渐渐少了，园林变得更加的幽静。午间的宁静仿佛属于整个茶馆，像从茶盅里盛放的经年普洱，像茶炉中漫散的微火。

“嘎……嘎……”湖边忽然传来清脆的大雁啼鸣声。我循声望去，一只南迁落单的大雁孤零零地站立于湖堤上，仿佛哀诉：深冬了，我得继续南飞。再看看那一丛匍匐于堤坝上的野菊花，她们凌风而舞，嫣然浅笑于寂寥的湖边。我心头不禁一颤：大千世界，万物有性，各有各的生存空间。

大雁展翅高翔，无际的苍穹和遥远的地平线是她的精神属地。大雁一生奔波，四季追逐着理想的家园，固然可敬！而山菊花，随处可生，安贫乐道。山菊花不与繁花争宠，繁花大都开放于春夏，而山菊花却钟情于秋冬，回避与百花斗芳艳，图个娴静淡雅，求个清心寡欲。山菊花沐雨经霜，顽强生长，在艰辛中蕴含庄严，在期待中守护新生，活出异样的风采。

寒冬到了，山菊黄了，杏叶落了，山林冷寂了。

记得日本作家永井荷风说过：“这样冷寂的时节，正是各种往事，从心底泛起的时节。”而今天的我，何尝不是这种感受。

置身这寒山、瘦水、落叶、雾岚中，无须青梅煮酒，不待草长莺飞。亦可让瑟缩的思绪漫延，缱绻的心灵放飞。

鼓山赏梅

在色彩缤纷的百花千卉中，梅花是我喜爱的花卉。

年幼时，曾读诗词《卜算子·咏梅》：“俏也不争春，只把春来报。待到山花烂漫时，她在丛中笑。”其中描绘出寒冬中的梅花，在严酷的生存环境和险恶的氛围中，竟然“犹有花枝俏”。而当寒冬逝去，春光遍野的时候，她却无掠春之美，只是独自隐逸在万花丛中发出欣慰的欢笑。那时，虽未见过梅花芳容，却深深地被她这种积极进取、永不屈服的崇高美德所感染和赞叹。长大后，看了台湾电视剧《一剪梅》，听到费玉清演唱的那首主题曲：“一剪寒梅，傲立雪中，只为伊人飘香。冷冷冰雪不能淹没，就在最冷枝头绽放，看见春天走向你我。”歌词借梅花咏颂出不畏困难、坚韧不拔、豁达乐观的一种人生态度。曲调宁静优雅、情感深沉，萦绕于怀。

于是，对梅花这种特有的情愫，使我一直向往着哪天能够穿梭于美丽的梅花丛林，亲切地呼吸着梅花的香气，融释我的情怀。后来，我到福州生活，有幸的是在鼓山即可目睹梅花的风采，完成心中多年的夙愿。

昨天大寒，我约上好友，登上鼓山梅里景区，赏悦寒梅盛开的景色。

我们去梅里景区赏梅，走的是从鼓山十八景区门口通向梅里的那条山间小径。这条小径，也是我们平时周末登山步行栈道的必经之路。栈道沿山而建，连接着涌泉寺、茶马古道与般若庵之间，而梅里景区处于栈道的中间入口处旁边。

天下名山僧占全。而梅里景区，远离涌泉寺门口游人如织的喧闹，另辟蹊径，曲径通幽，山崖陡峭，恰好与梅花身居简陋，孤芳自开的性格相映衬。也体现出早前鼓山僧人，在这个幽静的山涧中种植梅花的聪慧。

时至深冬，寒风习习，路上人影稀少，林深苔滑，举步艰难。但想到梅开盛景，便欣然继续前行。

山道崎岖，路迴峰转，忽见前面一对老者，正互相搀扶，往前徐徐攀登。老妇童颜鹤发，面容慈祥；老翁青丝染霜，却精神抖擞。

咦！我记起来了，这对老人正是前次在游览般若庵时碰到的。

老翁曾向我介绍般若庵始建于明崇祯年间，距今已有 370 多年的历史，还解释“般若”在佛经上指智慧的意思。原来，今天他们也是前往梅里景区赏梅的。我快步赶上他们跟前，招呼着两位老人，吩咐路上小心。

不久，我们便到了梅里的“相怀梅园”主景区。在梅园的观景台举目远眺，梅花遍野。山坡的梅花，有的枝条稀疏，一朵朵，一粒粒，暗色的枝条，艳丽的花苞，或怒放或含苞。有的枝条茂盛，一簇簇、一团团，浅红的花瓣、深红的花蕊，纷纷展示着自己的艳丽。

忽然飘起的一阵清风，片片随风飘落的梅花，让我联想到唐代诗人林和靖《近山园小梅》中的诗句："众芳摇落独喧妍，占尽风情向小园。疏影横斜水清浅，暗香浮动月黄昏。"转眼间，仿佛那样的美景恍若眼前。

我欣赏梅花，不是沉迷于她亮丽的花朵盛开后，所散发出的淡淡迷人芳香。而是在心中敬仰梅花历经了多年的风云岁月之变，在寒冬中坦然地接受了恶劣环境的摧残和折磨，以执着的信念，灿烂地绽放出如火一样质朴的生命本色，向人们昭示着一种不屈不挠向上的进取精神，从而逐步走向完美的境地！

夕阳西下，我们一行继续往栈道赶路。我蓦然回首，看到那一对老者已经来到梅花丛中，温馨依旧，嫣然谈笑于氤氲的薄雾中。

温婉的夏，清幽的池是荷的天地；金色的秋，温热的阳是菊的慰藉；而寒冷的冬，寂寥的山是梅的世界。一场大寒，一剪梅开，绽放岁末的美丽。而那一对老者，不畏艰难险阻，相互提携，形影不分，始终不渝。夕阳下，他们蹒跚的步履，撒落在追求美好的路上，更是一种美丽！

古刹钟灵，舍得有道

——雪峰寺游记

佛说：舍得之道，人生之道也。

世上难以定夺的是“舍得”二字，舍得与舍不得是人生的两难。

白露刚过，我舍弃周末休息日，随同金融作协福建创联组文友一道前往南安雪峰寺采风。

慕名已久的南安雪峰寺，位于南安市杨梅山中，始建于唐代，为闽南名刹。此前，我一直纳闷：福州闽侯也有雪峰寺，缘于地处福州北面高山，寒冬多见飘雪，故取名雪峰寺。然而，地处闽南气候较热的南安市罕见下雪，怎会有雪峰寺的呢？原来，闽侯与南安两地的雪峰寺一脉相承。闽侯雪峰寺素有“南方第一刹”之称，其开山创寺者为义存大师。

义存大师是南安杨梅山下的湖尾村人，幼年出家修禅，住持闽侯雪峰寺之前，他的父母合葬于杨梅山麓。大师云游四方参学宣佛，无暇为父母守庐。出家人虽然无家，却不能没有亲情和孝道之心。否则，谈何慈悲？怎能广施仁爱、普度众生？

许是难舍的孝悌之心结，终成一代高僧的义存大师，于古稀之年安顿好闽侯雪峰寺佛门法事后，毅然回到南安杨梅山结庐守孝，感念父母养育之恩。北宋徽宗宣和二年（1120），官衔教谕黄祖舜因崇拜敬仰雪峰义存大师，在大师父母坟前竖立一块石碑，上书“雪峰父母坟”，“雪峰”之名自此始称。庵庐经过历代扩修，遂成大寺。后来，当地的名家在杨梅山门上镌刻对联：“冷冷清清雪，茫茫渺渺峰”，把“雪峰”二字巧妙嵌入，雪峰寺名得以正式启用。

周日清晨，我们从福州驱车向南安雪峰寺进发。虽然时值仲秋，白露晨起，酷暑渐退，但闽南大地沿途仍是热气缭绕。

当我们登上草木葳蕤，古树参天的杨梅山，顿觉秋高气爽，心境清凉。

仁智者亲近山水。义存大师深深领悟自然界处处是禅机，从雪峰寺钟灵毓秀的环境中可窥见一斑。雪峰寺四周山势峻峭，群峦叠嶂。北有西真寺，西南有太湖岩，雪峰寺独占中区。后山岩石开屏，诸峰朝拜，左右蟠踞。寺院庭门开阔，东水迴环，清泉潺潺。寺院内“洗心泉”“苔阶邑露”“晴窗晓日”“萝薜凝烟”“北牖凉风”“石窦鸣泉”等景点秀丽多姿，宁静悠然。

“千古江山留胜迹，一林风月伴高僧。”这是中国佛教协会会长赵朴初先生考察雪峰寺时，为纪念弘一法师而建的“晚晴亭”上留下的一副对联。雪峰寺不愧是地胜人重，人杰地灵。义存大师是享誉南方的禅宗巨擘，世界佛教协会正副会长宏船、瑞今、妙灯三大法师均担任过该寺的住持或方丈。民国初年，这里曾作为福建佛教会办公所在地，为八闽境地乃至南洋禅宗佛院输送了不少方丈高僧。

雪峰寺有诸多的历代名人题刻，浓厚的佛教禅宗文化底蕴，为古寺增辉添彩。

近代，佛教三大法师弘一、太虚、芝峰曾经会集该寺，留有不少诗文墨宝，弘一法师先后两次游住于该寺，留下了十分珍贵的题匾诗文。在雪峰寺“山月楼”的门庭上，看到的宋代理学大师朱熹的一副对联：“地位清高，日月每从肩上过；门庭开豁，江山常在掌中看。”寥寥数语，勾勒出思接千载、视通万里的理学意象，蕴含着格物致知、修身养性的心灵境界。

移步雪峰寺内，随处可见“舍得”二字。不仅“舍得书馆”门口有“舍得是智慧”的竖牌，在“观音殿”功德箱旁、“觉道楼”围墙上，还挂有“舍得有福”的条幅。

可见，舍得之道，是禅宗之道，也是人生智慧之道。这个禅宗哲理在此佛门圣地，最能得到体悟。

是日中午，我们来到“香积厨”素斋馆用餐。但见“香积厨”门前的水塘上，波光潋滟，秋荷翠绿依旧，佛教里的荷花象征圣洁、美好，有着出污泥而不染的气节。如今，秋高云远，荷花已经凋零。世道无常，四季轮回，且感念荷花永驻心间，尽享微风中的荷叶轻摇寺院的宁静。

午餐中的青菜、豆腐、芋头等粗粮素食，让我们再次体验了一箪食、一豆羹的清贫生活。

“一粥一饭，当思来之不易；半丝半缕，恒念物力维艰。”节约粮食是中华民族美德，倡导厉行节约，制止餐饮浪费行为，对防范突发疫情与自然灾害所带来的影响，增强粮食安全危机意识的意义深远。

弘一法师曾多次游住雪峰寺，出家前，弘一法师是画坛巨匠、社会名流，过着锦衣玉食的生活。却在名声旺盛之际，果断舍弃繁华富贵，悄然转身皈依佛门。从此，凡世少了一名艺术大师，佛门多了一位禅宗巨擘。

坊间流传不少弘一法师的素食梵行佳话。有一次，弘一法师的好友夏丏尊教授前来拜访，可餐桌上只有一碟小菜，夏教授忍了半晌，还是无法下咽，说了“这菜好咸”。谁知，弘一法师淡然微笑道：“咸也有咸的味道。”是啊，咸也有咸的味道。其实，天天山珍海味、珍馐美酒，不见得就会健康无恙。舍去浮华外物，舍去侈欲妄念。持平常心，静享简朴生活，任凭苦辣酸甜，依然安然自在。

看来，“舍得”二字禅意幽远，有舍才有得。舍得有福，舍得是豁达，也是安康、净心之道。

一天行程匆匆结束，但是，禅思意犹未尽，且作小诗二首，聊表心迹！

雪峰寺

古刹钟灵萦早梵，雪峰毓秀淌清泉。
苔阶迂曲通堂馆，茶雾氤氲润肺田。

素斋

煦阳静泻素斋楼，黄叶萧然已仲秋。
孤雁翱翔玄鸟寂，晚荷摇曳露霜稠。
凉秋热暑心无惧，淡菜粗粮体莫愁。
聊以清心尝素食，悟思禅道少踟蹰。

半山半水，半日闲游

一

都说闽中地区多山多水，青山连绵，河泽丰沛。然而，尤溪县境内的半山村，却有“半山半水半月岛”之称，缘何？令我挂念于怀。

秋天的一个午后，我与同伴从尤溪县城驱车前往半山村。

深秋的阳光并不招摇，氤氲的雾岚漫过天际，使晴朗的苍穹变得婉约迷蒙。蓊郁的峰峦、葳蕤的草木和流淌的河流，仿如一幅幅美丽的油彩画卷渐次展开。我们就行驶在这山水写意的画轴间。

半山村是尤溪县面积较小的自然村，若不留意，难以置信，在这山长水远的偏僻山谷上，会有这么一个古朴典雅的村庄。

进入小村落，没有预想深秋里的寒寂，不见秋叶萧瑟，也不见荻花纷飞，温柔的阳光给这里增添了丝丝暖意。村道旁鲜红的夹竹桃、洁白的木槿花依旧尽情绽放，散发着淡淡的清香。微风中，一株大叶紫薇从白墙黛瓦的民居院子里探出青枝向我们频频招手。

院子的主人热情好客，用烧制好的草茶、香酥的光饼招待我们。这是一座具有浓厚明清时期建筑风格的合扇院改造的民宿。环顾四周，墙基用鹅卵石砌筑，内墙体以木材为主，由大厅、东西厢房围绕中间天井而形成的庭院布局。走廊迂回相通，连接厢房，房檐外延遮盖廊道，即使下雨亦可避免雨淋。楼顶部分梁檐上依稀看到古色古香的雕刻。院子上种有花草，环境优雅。

据东道主介绍，半山村目前尚存有十多座较为完整的明代至民国时期的古民居。

行走这偏居一隅的村落，踏着青石板铺就的巷道，面对长着青苔的古建筑，使我陷入“沧桑”的感觉，勾起对该村流年情景的思绪。

半山村，有它自己的繁荣史，过去这里的河道曾是闽江的水路交通要道。村民早年放木排、竹排运送木材、农产品到福州“尤溪洲”大桥附近贩卖，然后买回盐巴、衣物等日用品返程。如今，快速发达的陆地交通工具已经取代了水路运输，使半山村原有水路优势的风光不再。然而，半山村并非被时代疏远与抛弃，近年来，充分发挥其自有的文化底蕴和持重内涵，着力发展民宿与水上旅游业，积极推进美丽乡村建设。

二

天色向晚，东道主带我们去村边的河畔坐竹排观赏风景。

河边上长着青翠的萍蓬草、菖蒲等水生花草。河水清澈，几只水鸡在水面嬉戏，水波涟漪。河道不宽，不像武夷九曲溪的急流奔腾，也不似大海的浩渺苍茫。对岸炊烟袅袅的村舍、金黄色的水稻梯田和青黛色的山峦清晰可见，给人以江南水乡般的淡雅况味。

“半山半水半月岛，你看景色好不好？也有千年古老树，岛上还有五里香。有的吃来有的住，半山真是好去处……”竹排前行不久，老艄公便用方言唱起了悠扬的山歌。

我顺便问起“半山半水半月岛”的由来。艄公解释说，半山村紧挨着四座山，每座山都只有一半属于半山村，所以叫“半山”；河道也是与邻村各分一半，所以叫“半水”；河中有座小岛，呈半月形状，便叫“半月岛”。

这个“半”字，意味悠长。

我不禁想起中午在尤溪县城朱熹博物馆看到朱子的家训：“满招损，谦受益，时乃天道。”这句名言也是中国传统的一句古训，意思是说，自满招来损害，谦逊得到益处。清代诗人李密庵的《半半歌》，把“半”的境界提升为人生哲学与处世艺术：“看破浮生过半，半之受用无边。半中岁月尽悠闲，半里乾坤宽展。”认为花未全开，月半圆最好。半得半失，方得圆满。

朱子故里，礼仪之邦。尤溪地处闽江中游，山间盆地及河谷平原错落相连，自然资源丰富。谅必半山村与邻村，他们秉承儒教谦让品行，立下君子协议。楚河汉界，中分天下，半山半水，安平相处。

三

思忖间，竹排已经进入河道的中间。

时值深秋，虽然河上透出几分“山寒水瘦”的况味，但有河水的滋润，沿岸依旧林木茂盛、蒹葭苍苍。

斜阳驱散了河谷上空的雾气，于是，岸边草木恣意展现。白榕、香樟、楠木、野生桂花、淡水红树，一棵棵、一簇簇珍稀植物，在我们的眼前掠过。

艄公指着前面一块水草葳蕤的湿滩说，那是白鹭的栖息地。这个艄公老成寡语，但又不乏风趣。当同伴问艄公此时怎不见鹭鸟，他便笑答：今天周末，鹭鸟去找对象谈恋爱去了。逗得我们哈哈大笑。

艄公还说，村民们已学会保护这些鹭鸟，每年夏季投喂鹭鸟，摇筏时不能靠得太近，免得干扰鹭鸟。夏末秋初，是观鸟的最佳时期。

虽然时令已过，但依然可以想象“落霞与孤鹜齐飞，秋水共长天一色”的美丽景象。

不经意间，竹排已经进入半山村与邻村的交际处水域，艄公果断掉头返程。

顺流湍急，出于安全考虑，艄公把竹排撑到岸边漂流。行至半月岛附近，他用劲撑住竹排停泊河中，提示我们回头眺望，只见一处由岸边伸长的树枝弯曲悬架在河上，极似拱桥造型，倒映河面美轮美奂。

我们赞叹不已，迅速地举起手机，有的弯着身子，有的趴在竹排上，以不同的身姿、从不同的角度“咔嚓咔嚓”不停地抓拍。

我顺手往朋友圈上分享了几张美拍，顷刻引来众多点赞，曾经游览过尤溪的南雁老师即附上诗作：

一半的山／一半的水／一半的明月，沉入水底／那半千的月色，托半亩小岛／半滩的鹭鸟，惊醒半江秋／半路上的游人／半眸间回望……／半程的竹排悠悠／留半席梦境／半途的山高水远／品半卷悠长……

我细品此诗，意犹未尽。凝视河面绿茵茵拱桥状的倩影，恍惚跨过迷幻般的拱桥，穿越时空进入豁然开朗、阡陌纵横的田野，迎来陶渊明所描绘的世外桃源。

我纳闷，为什么大自然的神工妙笔，能够挥洒出如此美妙的境界？也无从考证一千多年前陶渊明是否在此触景生情，抒写自己向往的心灵归隐地。但相信，这梦幻般的景色，无疑给游人留下美好而深刻的印象。

竹排缓缓下行，水光潋滟，映照着苍翠的丘壑，映照着盘旋天空的小鸟，景象是这样的相映成趣、浑然一体。

筏过疏林，风扬清波。我手捧起一袭清泉，有缘相识这晶莹剔透的河水，对于久居都市、暌违江河的我，非比寻常。让我有着“舟行碧波上，人在画中游”的惬意，仿佛经受了一场洗涤心灵的沐浴。

夕阳下山，暮霭渐浓，我们弃筏上岸。

半山半水，半天闲游，趣味盎然！

问渠半亩方塘

谈起宋代著名理学家、教育家朱熹，总是让我想起他那首脍炙人口的《观书有感》诗句："半亩方塘一鉴开，天光云影共徘徊。问渠那得清如许，为有源头活水来。"

年幼时，我阅读此诗，只能领略诗中说的水塘因有了源头活水，水才清澈如许，却不能读懂诗句包含的更深含义。直到前些年，观看了央视"百家讲坛"中厦门大学教授主讲的《走近朱熹》节目，便很好地领会了朱熹抒写半亩方塘所蕴涵哲理的读书感悟。节目中还介绍了朱熹生活过的福建尤溪、建阳、武夷山，乃至浙江淳安、江西婺源等地多建有半亩方塘。

方塘究竟妙在哪里？朱熹重视教育与宋代福建多"学霸"关系大吗？于是，便有了走进朱熹故里，探访半亩方塘的夙愿。

今年仲夏的一个周末，我慕名来到了朱熹故里尤溪。

半亩方塘就落在南溪书院文公祠前。池塘不大，方状造型，池墙略高于地面，池壁用青石砌成。没有更多的雕琢，古朴悠然。塘石上幽暗的青苔，默默地见证岁月的沧桑。

中午，阳光正艳。

站在方塘边，触目清澈的泉水，顿感安然素净。塘里的金鱼悠然游动，一株荷叶挺立水面，碧色如洗，玉润无声。

据传朱熹当年在塘边洗砚，顿悟出这首富有哲理的《观书有感》。他看到清澈如镜的塘水里，天上光彩与浮云一起移动。而要问为何塘水会这样清澈呢？是源于那永不枯竭的源头在输送活水。

该诗表面写景，却意喻只有积累知识与不断接受新事物，才能才思不断，新水长流。后来，学者游人到尤溪寻访朱熹足迹，总会到方塘来体会朱熹诗中之意境。

此时我想，像我辈凡人，眼前的方塘就是池塘，怎么也不会看到池塘中天光云影的后面，还闪烁着那么深邃的哲理光芒，不由地对朱熹肃然起敬。

朱熹推崇儒学，是理学的集大成者，世人尊称他为朱子，文化历史地位极负盛誉。史家钱穆如是评价朱熹："在中国历史上，前古有孔子，近古有朱子，此两人，皆在中国学术思想史及中国文化史上发出莫大声光，留下莫大影响。纵观全史，恐无第三人堪比。"

在南溪书院内陈列的木雕碑刻上，我看到了朱熹另一首备受人们称道的律诗《春日》："胜日寻芳泗水滨，无边光景一时新。等闲识得东风面，万紫千红总是春。"诗中的"泗水之滨"暗指孔子曾在洙、泗之间弦歌讲学的地点，此地在宋南渡时早被金人侵占。朱熹未曾北上，当然不可能在泗水之滨赏春。"寻芳"即指向往圣道，"东风”“万紫千红”，表面描绘春天美景，实则暗喻孔学的丰富多彩。

诗人将圣人之道比作催发生机、点燃万物的春风，借春景抒发朱子胸臆。

半亩方塘旁边的院子，有朱熹小时候栽种的两棵樟树。朱熹小名叫“沈郎”，后人就把这两棵樟树叫着“沈郎樟”。

清代有一诗人写诗礼赞樟树说：“毓秀钟灵紫气来，香樟儒圣亲手栽。”

两棵樟树雄伟壮大，我张开双手绕树丈量，其中一棵树围有 15 米左右。导游介绍，樟树的树龄逾 850 年，堪称樟树之王。

站在树下，绿荫蔽日，风吹树梢，樟香弥漫，恬静淡然。

我微闭双眼，仿佛时光倒流，脑海里浮现出朱熹小时候在此倚山听蝉鸣，傍池观云影，耕读吟诗的情景。

步出半亩方塘，站在南溪书院前，一条如练的尤溪河斜贯尤溪县城南北汇入闽江。

放眼远眺，两岸的竹林农田绿意盎然，再远处层峦叠嶂，江水蜿蜒南下……

尤溪地处闽江中游山区，崇山峻岭与河谷平原交错，气候温暖湿润，盛产竹笋等土特产品。因为山路崎岖，早年交通以水运为主，山区百姓将竹笋、大米、木材等，顺着闽江水路运到福州的尤溪洲码头（今尤溪洲大桥江边）贩售，然后买回盐巴与布匹等生活用品。

泱泱闽江，源远流长。

支流发达的闽江水系，既是早年沿江百姓跨地区贸易活动的交通要道，也是士大夫文人们迁徙与游学往来的主要水路。

北宋后期（1118），朱子父亲朱松授任政和县尉，后调任尤溪，举家沿着闽江水路赴任，定居尤溪河畔。十二年后，一代理学宗师朱熹诞生。

朱熹从小博学天文地理，熟读四书五经。长大后，探究义理，崇尚儒学；涉水远行，论道讲学。他曾经沿江南下福州乌山设坛论道，远至湘江之畔的岳麓书院讲授理学。

朱熹一生奔波于讲学授徒，他对当时福建的教育影响大吗？

在朱熹长期生活的闽北地区，他的讲学足迹遍布闽江上游沿岸的村镇。据《典地纪胜》记载，当时南平、建瓯、建阳、武夷山一带“家乐教子，五步一塾，十步一庠，朝诵暮弦，洋洋盈耳”“颇好儒，所至村落，皆聚徒教授”。从中足见学风之盛行。

朱熹与他的诸多弟子，都在各地极力鼓励读书立身，对形成两宋时代闽人重视耕读的风气影响深远。根据汉学家贾志扬统计，两宋时代，闽人考上进士的人数，约占全国总数的四分之一。

因此，当时也自然地有了“福建多秀才”现象。按照时下的流行说法，即福建是宋朝的第一高考“学霸”省。

朱熹倡导“格物自知”，即探究事物原理，从而获得知识。尽管世人对理学宗旨存有争议，见仁见智。但朱子推崇读书的最终目标在于修身、养性、平家、齐国，已成共识。

朱子所喜欢的半亩方塘，不正是读书人渴望安宁的心灵净土？

二宜楼探奇

初识“二宜楼”是在10年前，其被联合国教科文组织列入世遗名录，看到的宣传图片介绍。

我虽然未曾亲睹真容，但是，早有所闻二宜楼众多的赞誉，诸如称其是神州奇楼、土楼之王、圆楼之宝；还有宜山宜水、宜家宜室、宜内宜外……

这些，让人滋生心驰神往观览二宜楼的夙愿。带着好奇、仰慕，在今年深秋的一个周末，我走进了二宜楼。

午后，天色清朗。汽车从华安县城出发，沿着委婉曲折的山路，向二宜楼所在地的仙都镇大地村行驶。放眼窗外，是一幅素雅的、灵动的水墨山涧画卷。流动于眼前的大山，峰峦叠嶂，溪流淙淙，如碧如黛。

这是山涧的深秋，植被还是那么茂盛。零星的紫色葛根花儿点缀在绿叶中，青松依旧挺拔翠绿。路边的枯枝落叶很少，唯有山岗上泛黄的芒草，摇曳着金粉色的花穗，昭示着时令已经进入秋冬的交际处。

行到开阔处，但见山腰间、平畴上布满茶园，长着一片片碧绿的茶苗。同车的朋友告诉我，这里的土壤与气候适合种植茶叶。因邻近安溪县，前些年铁观音茶叶热销，二宜楼附近的村镇也变成了铁观音的原材料产地之一。

最引人注目的，就是躺卧在青山绿水之间，鳞次栉比的五凤楼古民居与圆形土楼了。沿途上所见到的村落多是沿袭这种明清古建筑风格，举起手机随便一个定格，都是优美的古民居风景了。

站在二宜楼前，环顾四周，不得不敬佩当年土楼主人的建筑理念。前水后山的格局，土楼前面地势平坦开阔，清澈的小溪潺潺流淌，后侧翠峦叠嶂，绵延逶迤。

恬淡的秋阳下，黄墙黛瓦与青山绿水交相辉映，翠竹、绿田、阡陌点缀其间，色彩斑斓，一派田园风光，彰显二宜楼“宜山宜水”。据导游介绍，二宜楼建成于清朝乾隆年间的1770年。建楼者蒋仕熊与其儿孙历经三代，耗时三十多年建成。

我曾游览过与华安土楼同时列入“世遗”的永定、南靖土楼，认为二宜楼无论是其原貌保存的完整性，还是建筑的艺术成就，觉得是最好的，是最为恬适、原汁原味风土人情的土楼。

我国各地的地理气候条件和生活方式都不相同，各地民居的样式和风格差异较大。

譬如北国草原，缺乏石材与木材，蒙古族人民用驼绳、毛毡或帆布扎成蒙古包，并随着放牧地迁徙，就地扎营居住。又如平潭岛，由于自然环境的约束，岛上百姓就地取材，用坚固的花岗岩建造石头厝，以抵挡海风、沙尘等恶劣天气的侵害。

而自中原南迁的客家人与福佬民系，在闽西、闽南的深山老林之中，建筑方形或者圆形封闭的土楼，聚族而居，既可抵御山匪外敌入侵，又可防范豺狼野兽袭击，的确是一个很好的设计。二宜楼属于夯土建筑的圆形土楼，依山就势地利用了当地的生土、木材、大理石等建筑材料，具有节约、坚固、防御性强的特点，又极富美感的生土高层建筑模式。

步入二宜楼，恢宏精致的建筑令我赞叹不已。土楼占地10多亩，内环一层直径达70多米，楼高16米。全楼平等分为12单元，共有房192间。土楼兼有内通廊式和单元式两种圆楼的优点，内环平房为“透天厝”，设厨房、餐厅。外环楼每单元各四间。底层为卧室、客厅。第二、三层为卧室、仓库，第四层为各单元祖堂。土楼中心是公共场所的大内院，场地上可晾晒衣服和农作物。当中浸渍两口古井，甘泉滋养着楼内人家。诡异的是，两井相距十米左右，竟有恒定相差一度的温差。土楼抗风抗震，防御完备；且冬暖夏凉，起居舒适，可谓“宜家宜室”。

二宜楼距今已有200多年，其蕴含着许多科学的建筑理念，具有丰富的文化内涵。楼内存有众多精致的壁画、彩绘、木雕和楹联，具有丰富的文化内涵，在福建众多土楼中是属罕见。

楼中众多的楹联，反映了耕读诗书的内容，如：“一篇花景雪垂地，半夜书声月在天”“日月两轮天地眼，诗书万卷圣贤心”等等。可以看出，楼主是个崇德重教的乡贤。

最让人惊讶的是，土楼内的部分墙上、天花板上张贴许多上世纪初的美国《纽约时报》《纽约晚报》。墙面上还绘有罗马洋钟、西洋美女，并标注译文的壁画。中西合璧，意味深远。

导游风趣地介绍说，壁画中的那张手捧鲜花的西洋女子，是蒋氏家族的一个公子在清朝末期出国经商时的初恋情人，后来因他久居异国，思乡心切，只好忍痛割爱回国生活。果真如此，还是另有原因？我们作为游客，无以考究。不过，这个跨国恋情，如果发生在现时，国人娶个洋媳妇是个很正常的事情。但是，在封建时代，受当时的世俗观念等局限，就很难修成正果。

走出二宜楼，天空上乌云翻滚，天色变得灰蒙蒙的，接着就飘起了淅沥小雨。

沿街上，当地居民用生硬的普通话杂带着温润的闽南方言，热情地推销着茶叶、香菇等土特产。听着那久违的闽南方言，我眼前浮现出早年在福州求学时，同宿舍的厦门同学常在天色阴沉时，不由地哼起悠扬顿挫、优美的闽南歌谣“天乌乌，要落雨，阿公扛锄头，要挖芋……”

遥想当年，莫非蒋氏公子在异国经商时，也是在这秋风瑟瑟、天黑黑、要下雨的凉秋里，思念起久违的土楼家人与乡音？于是，蒋氏公子毅然离开初恋的西洋女子，回归二宜楼。

当春暖花开，土楼门前水清、树绿，燕子回来了，在天井屋梁上呢喃叫着不停。此时，蒋氏公子本想畅饮开怀，突然看到墙上的日历与罗马洋钟，茫然搁下杯子，惦念过往。这境况恰似诗人王维的诗句中所描绘的“归燕识故巢，旧人看新历。临觞忽不御，惆怅远行客。”的情景。

向晚，秋雨潇潇，烟雾蒙蒙。

我匆匆踏上回程车，蓦然回望，圆润、恢宏、斑斓的二宜楼，在云雾的笼罩中，若隐若现，似海市蜃楼、似飞碟、似画卷……

二宜楼，跨越三个世纪的深邃沧桑的历史长河，在这莽莽苍苍的崇山峻岭之中，似乎水过无痕，充满着神奇的气息，给世人留下众多谜一样的悬念，令人流连忘返，意犹未尽。

建宁观荷记

有一种植物，根植于心田深处，跨越岁月的长河，历经时光的涤濯，终得其深韵。正如荷花，她初绽时带露含羞，袅袅婷婷；盛开时清新洁雅，生机盎然；凋零时，残荷摇曳，暗香浮动，依旧不遗余力地点燃着生命的火种。

荷，着实令我赞叹不已！

仲夏，正是荷花盛开的季节。端午节假期，我们一行慕名驱车前往三明市建宁县城郊外的“修竹荷苑”游览。

山区的傍晚，风清气爽，偶尔一片云朵缓缓飘过，点缀着晴朗的天空。窗外山野的花草拂面而过，芳香弥漫，整个身心彻底放松了下来。

临近荷苑，映入我们眼帘是绝美的景致。荷塘上片片青绿色的荷叶中，点缀着朵朵亭亭玉立的荷花。远处山色如黛，山麓中农舍炊烟袅袅，呈现出一幅秀丽隽永、浑然天成的夏日山居图。

走入荷塘堤埂，清风徐徐，荷花摇曳，荷香氤氲。荷叶大如圆盘、小如碟子，挨挨挤挤、密密麻麻，一片片、一层层像是给池塘穿上了一件华丽的衣裳。荷花的颜色大多是粉色的，也有黄色，或者白色的，身旁的荷叶像为它打着碧绿的小伞。在那绿叶的映衬下，荷花有的舒展怒放，粉红的花瓣，金黄的花蕊，仿佛在畅怀大笑。有的花苞初绽，有的含苞待放，千姿百态，嫣然俊俏，美不胜收。

不久，天空飘起了小雨。此刻，朵朵荷花在轻柔的雨丝沐浴下，显得更加清秀雅洁，妩媚可爱。有的荷叶上面还托着晶莹透亮的水珠，在叶片上滚来滚去，趣味横生。

“数点飞来荷叶雨，暮香分得小江天。”荷花在雨中，无论是含苞待放、藏于叶下、渐露娇容，还是完全盛开，她们都更加的洁净单纯、遗世独立、清丽脱俗。虽然在我生活的沿海城市里也有荷塘，但是雨中赏荷还是头一次。为不错过这样的美景，同伴们撑着伞，或雨中行走欣赏，或驻足拍照。

荷之清新、高雅、从容、幽静，如大隐于市的高僧，在熙熙攘攘、利来利往的凡世中修炼。而一味迷恋红尘，再娇艳的美丽也显得有些矫揉造作。然而荷花恰如洒脱之君子，入世出尘间看得透却不看破，在平凡中多一份安然和睿智。

于我而言，平添了一分欣喜，如同雨中与荷花赴一场迟来的约定。

其实，我是在周敦颐的《爱莲说》中，最早认识荷的。“出淤泥而不染，濯清涟而不妖”的气质令我敬仰。千百年来，“莲花”高洁、清廉的精神，深受后人的推崇。周敦颐是中国理学的开山祖师，一生不追求名利，而他倡导的慈善与清廉理念，以学促德、修德、做好人、做清官能吏，值得当前倡导的清正廉洁社会环境所借鉴。

天色渐晚，雨也渐渐停了。晚风吹拂，荷塘里水波泛着粼粼的微光，摇曳的小荷默默地挥手欢送我们，我们便匆匆赶路返回县城。

闽江西北上游源头的濉溪流经建宁县城。建宁山清水秀，以莲子、黄花梨、种子为代表的“五子”特色农产品久享盛誉。为了欣赏山城的美丽夜景，我们特地下车，步行濉溪栈道回旅馆。夜幕迷离，溪畔杨柳婆娑，不远处的莲池公园飘来淡淡的荷香。蛙咏蝉鸣此起彼伏，它们以独有的方式欢迎我们这些远道而来的游客，使原本局促逼仄的栈道也变得生动起来。我们走了一阵似乎忘记了旅馆的位置，正在辨认方向时，迎面走来的一位本地行人便热情主动地给我们指路。

回到旅馆，我意犹未尽，随手分享几张荷花的照片到朋友圈。顷刻，便有当地的网友点赞并附上王安石的诗句：“一水护田将绿绕，两山排闼送青来。”后面还补上一句“闽江源头欢迎您”。山区的风景秀丽人也热忱好客，我觉得这几句挺应景的。于是，也随即回复几句小诗，且作此次观荷的感受。

一溪濉水闽江源，两岸桃梨缀青田。
三明建宁好风光，四季清新游客赞。
五子之乡盛誉扬，六月荷塘花正艳。
七月流火采莲忙，八月残荷香流连。

老宋茶事

“人生天地间，忽如客已远。”三年前与老宋匆匆一别，再也没有他的音讯了。闽北多山，高铁在草木葳蕤的丘陵与黑幽幽的隧道中穿行。

临近武夷山，一条蜿蜒流淌的江流跃然眼前，再远处呈现出一垄垄绿油油的茶田。傍晚到站，我往宾馆搁下行李后直奔老宋家。

面前的老宋黝黑消瘦，与多年前满脸红润的他判若两人。我心里纳闷，近年究竟怎了？他拿出自家种植的好茶，热情地款待我。在氤氲的茶雾中，在淡淡的茶香中，他打开了话匣子……

老宋曾在体制内的单位上班，那时家境尚好。身处茶乡，自然有喝茶品茗的习惯。

多年前，他的儿子大学毕业后在厦门工作，成家后在厦门市郊购买了房子，他掏空了积蓄替儿子支付了房贷首付。他看到许多同事下海经营茶叶赚钱，为了帮儿子分担每个月房贷按揭的压力，就辞职转身承包起几亩山地种茶。第一年种茶盈利，初次尝到甜头后，第二年老宋雄心勃勃地增加投资，扩大了经营规模。然而，遇上那年大雪，造成茶叶产量剧减，老宋便陷入了窘境，不仅是白辛苦了两年，还亏蚀了投入的本钱。苦苦经营数年，撑到了前年，才出现转机。他种的茶叶质量与销路不错，稍有盈利，就为儿子提前还了部分房贷。接着，他与亲戚合伙到上海开茶店，起早贪黑忙碌，盈利甚微。

今年清明前夕，他从上海回到武夷山乡下的祖坟扫墓。预料不到的是上海出现疫情并逐步加重，茶店关门。他就没返回上海，呆在武夷山已一个月多了。于是心急如焚，憔悴了许多。

交谈中，他感叹命运多舛与经营茶叶的艰辛，言语间淡淡地流露出对以前上班好时光的眷恋。

老宋坦言，前些年种茶虽然累些，可是在每天劳作后，静坐自家茶室，沏杯自己生产的茶茗，闻闻那袅袅的醇香，一身的倦意烟消云散。此时，自己劳动收获后的喜悦心情，慢慢融进了那淡淡的茶味“余甘”中。但是，这两年的疫情与家境让他忧心忡忡，寝食难安，饮茶索然寡味……

夜阑人静，回到宾馆。许是对与老宋的交谈意犹未尽，辗转难眠，索性起床冲杯老宋送的清明前绿茶。望着杯中的茶叶沉沉浮浮，思绪随之蔓延。

我平时偶尔喝茶，对茶的生产过程不甚了解，以为日常市场的茶叶品种繁多，觉得生产茶叶应是很容易的。从与老宋的交流中才知道种茶、制茶与开茶店实属不易。茶叶从种植采摘，杀青烘焙，后期制茶，经过了不少工序。如大红袍茶从采摘到出茶，生产周期达近三个月。而且，天气好坏对茶叶的生产影响很大，如果天太冷，茶就减产；如果雨水多，则茶香不够醇。茶叶的价格随行就市，茶次价低，茶优价则高。由此，茶市变化莫测，经营风险较大。经营茶业的酸甜苦辣，或许只有老宋自己才知。

这回也让我对“人生如茶”有着更深刻的理解，一杯清茶品尽了人间甘苦，人生总是甘苦交叠。记得鲁迅先生《喝茶》文章中提到：“有好茶喝，会喝好茶，是一种‘清福’。不过要享这‘清福’，首先就须有工夫。”看来，喝茶享受“清福”因时间、环境而异。料想，老宋如今享受饮茶与以前的“清福”有着天壤之别。

岁月匆匆，人生如茶。辗转尘世，阴晴不定，聚散无常。甘与苦、得与失、成与败、乐与忧，都是人生的滋味，都要用心地品味。

山区的初夏夜多雨，深夜窗外飘起了小雨，伴随着淅淅沥沥的雨水声，我渐渐地进入了梦乡。梦见疫情渐渐好转，上海疫情动态清零结束，老宋终于带着今年制作的新茶，踏上前往上海的动车……

旅行重拾记忆

——千岛湖走笔

总觉得少时的家乡很美，四季分明。色彩斑斓的石厝掩映于绿树之中，从山涧婉转而来的清澈小溪穿过村间，菊花、牵牛花等不知名的小花绽放于溪畔，散发着淡淡的花香。

多年前，来到城市生活。这座城游离于山野田园之外，高楼林立，人流熙攘，缺乏自然清新的村野气息。

在城里，我们不能像幼时一样，看到初春的田野上，麦苗舒展着嫩芽，透着春风的讯息；夏日里小孩们跑到海边踏浪拾贝，夜晚在木麻黄树下捕抓萤火虫嬉闹；当闻到番石榴飘香时，便知道秋季来临。

久居都市，我们发现街道旁的三角梅常年盛开，市场上有许多温室栽培的反季节花卉、反季节蔬菜。四季气温胶着，慢慢淡忘了季节的变化。

记得林清玄写道：“城市中／我们不只对季节不敏感了／还少了一份对生活的感受／多走走，看看这个世界／记得，心明眼亮，生活开心……”我期待着逃离城市，走近大自然。

不久前，在榕生活的高中同学提议组团到浙江旅游。起初，有同学惊诧：“时值冬季，候鸟迁徙南飞，咋的还北上旅游？”

可是，大家觉得浙江的气温与福建相近，近年暖冬现象居多。况且，千岛湖的湖光山色对于海边长大的我们还是别有趣味的。于是，便有了上周末的说走就走的千岛湖旅行。

星期五傍晚，我们一行匆匆踏上高铁到达衢州后转乘大巴，晚上十一点多顺利到达淳安千岛湖畔。

来到千岛湖，少不了品尝当地的美食。宵夜上，我们点了千岛湖鱼头王、银鱼炒鸡蛋、炒冬笋等美食。鱼头王汤浓味醇，爽滑可口，配上温热的当地黄酒，顿感旅途的倦意消失了。

千岛湖，是世界三大千岛湖之一，是我国最大的人工湖。

如果说杭州西湖是上苍天然造化而成，那么，千岛湖则是人间巧夺天工、改造大自然的杰作。那岛屿，那湖水，那湖岸，是个令人心静、重拾山水逸趣的地方。

次日清晨，我们乘坐游船，徐徐地向千岛湖的深处驶去。生长于海边的我们，许是看多了大海的浩瀚壮阔，向来不在意湖泊的面积。但是，眼前的千岛湖令人惊诧，它的面积竟然比杭州西湖大百倍。

在这浩渺辽阔的湖面上泛船，油然而生“曾经沧海难为水，除却巫山不是云”之感，顿觉自己渺小。有句诗叫“欲把西湖比西子，淡妆浓抹总相宜”，然而，千岛湖赞称“天下第一秀水”并非过誉。

千岛湖上1078个大大小小的岛屿星罗棋布，大岛如山，小岛如船。岛屿青翠如黛，又像一块块镶嵌在湖中翡翠般的碧玉。

千岛湖的水流潺湲，不像大海的急流奔腾。湖中的浮游生物极少，微风吹拂，青翠的水草摆动，泛起波澜涟漪。蔚蓝的天空，缓缓飘动的白云，倒映着清澈如镜的湖面。我们又似回到天蓝蓝、水蓝蓝的大海上。

甲板上，同学们兴高采烈，纷纷举起手机拍照。有的对着美轮美奂的湖景、有的对着岛屿上色彩缤纷的草木、有的对着湖边粉墙黛瓦徽派建筑风格的村落，从不同的角度“咔嚓咔嚓”不停地抓拍。

薄薄的水雾漂浮在宁静的水面上，远处出现一个植被茂盛的岛屿，那就是我们要登陆的第一个岛屿——梅峰岛。

站在梅峰岛山顶，远处翠螺似的岛屿隐约可见，近处岛礁迤逦叠宕。郭沫若先生曾经诗赞千岛湖：“西子三千个，群山已失高；峰峦成岛屿，平地卷波涛。”

如果远眺只见水天苍茫一色，霎间还觉舒朗，久时便感寂寥、疲乏。而千岛湖的美妙在于水碧岛翠，多彩多姿，画感十足，赏心悦目。

冬至临近，虽然千岛湖上透出几分山寒水瘦，许是湖水温润，岛上树木葱郁、花卉绽放。

这里的花草色彩丰富极了，它们姹紫嫣红编织着冬日千岛湖的诗情画意。木芙蓉的红花已经蜷缩，但见绿叶依旧。低调绽放的菊花，让人们忘了冬季的苍白。看到岸边火红的枫叶时，又令人如跌落至“霜叶红于二月花”的温馨与从容中。

最让我们欣喜的是平时少见的满树泛黄的银杏。

湖岸边，曲径旁，一片片，一株株，粉黄的，褐红的，都在笑靥迎人。捡一片黄叶在手里，会觉得它沐雨经霜褪色，最终落叶化泥，成为新的养料，培育出新的生命，令人赞叹。

我们登上龙山岛参观海瑞祠，沿着林木斑斓的山道行走，氤氲的雾气弥漫，整个身心宛若置于仙境中，完全脱离了城市的喧嚣和嬉闹，心灵完全地放飞。这真是一个陶冶情操的好地方。什么烦恼怨气，什么功名利禄，都被这原始的生态美所彻底地融化了。

淳安是人杰地灵之地，著名大清官海瑞，当年就在淳安任知县。传说为体验民间疾苦，他与书童徒步来到千岛湖，并肃清了当时的贪官污吏，赢得“海青天”的美名。海瑞为官清廉，忠孝正气，为民谋利，造福一方，为历史所称颂，具有一定的现实意义。海瑞任满调离淳安后，当地百姓自发在千岛湖的龙山建了这座海瑞祠来纪念他。一直以来，海瑞祠在淳安人民心中是一座丰碑。1959 年，我国自行建造的第一座大型水电站，拦坝蓄水就形成了这样一个人工的千岛湖。

当年淳安人民为了国家利益，毅然举家离开古老的美丽家园，移民他乡的悲壮故事，正是海瑞大无畏精神砥砺后人的写照。也正是淳安人民的无私奉献，我们才能享受到千岛湖的美。

在这个意义上，千岛湖的美是不朽的、永久的美。

伫立庄严的“海青天”塑像前，我心潮澎湃，深有感触：

千岛湖，山水连，悠悠古镇埋湖里，微澜潋滟碧湖寒。

山如黛，水含烟，半城山色半城湖，湖中何处觅清官？

走出海瑞祠，门外阳光明媚。向西走，是离岛码头，湛蓝的湖面上，停泊着一艘艘白色的游轮，仿佛一幅水彩画，安静，恬淡……

人生就像一场旅行，每个人都是匆匆的行者。同学为了各自的生活，毕业后散落各地，很少相聚一起。

周末两天的旅游，让我们欢聚于山水风景当中，体验大自然之美。也再次体会到同学情谊纯朴感人，有的同学从北京远道赶来。有个同学没空参加，却特地请千岛湖的朋友送来陈年家酿。阔别多年的同学举杯抒怀，欢歌笑语，其乐融融。

有同学建议过四十年后我们再聚千岛湖。这个难吗？谅想，随着社会进步与医学的发展，或许到了鲐背之年后身体依然健朗，届时再聚一堂，并非不可能的。

雪夜思絮

前几天，朋友圈上刷屏各地雪景。我的心情却很纠结，惊喜的是自己周末要出差江苏，将欣赏到美丽的雪景。担忧的是，长期生活于温暖南方的我，将邂逅江苏这场十年一遇的大雪，感到不寒而栗。

傍晚，终于来到了江苏常州。

大雪下，这个曾被誉为“江南明珠”的苏南名镇变成白茫茫的雪世界，令我惊讶。窗外，银装素裹，漫天皆白。路边千树万树梨花开，屋顶、花坛蒙着白雪皑皑的银被，寂寂无纤尘。

“晚来天欲雪，能饮一杯无？”

夜里，一个人在住房里泡茶取暖。窗内，一片静谧，茶香弥漫。在氤氲的茶雾中，我的思绪就像屋外漫天飞舞的雪花蔓延起来。

“我爱你，塞北的雪”，一曲殷秀梅的歌声常常在我耳边萦绕。“飘飘洒洒漫天遍野，你的舞姿是那样的轻盈，你的心地是那样的纯洁。”足见雪花的浪漫、洒脱、高雅。哪天有如此喜煞人的雪景，喜出望外这四个字是我最完美的诠释。

小时候，每到冬天我总期盼着下雪。但是，南方下雪极少。记得在老家上小学时，偶尔见过一次下雪。天空上翩翩起舞的雪花纷纷扬扬，如粉蝶、似芦花飞落下来。同学们非常开心，仰起头，或张开衣襟，或拿出帽子，来迎接这大自然送来的珍贵礼物。看着雪无声无息自由自在飘落，自己的心就像一朵雪花此刻也很静很轻也很纯更是悠然自得随遇而去。

从那以后，一直怀恋这下雪的美景。长大后，有次春季到黄山旅游。为了看到黄山雪景，我特地在山上呆了一个晚上。夜里，随着山上气温剧降，天上终于飘起纷纷扬扬的雪花。我欣喜若狂地伸出手掌去迎接那雪花儿，晶莹如碎玉，想把它留下，可是转眼就不见了，化成了一滴清水。雪渐渐地小了，一阵风吹过，无数温柔，细腻的小雪点向我身上亲热的扑了过来，使人心旷神怡。

赏雪的人群中，我听到几个讲粤语的小青年。交流中得知他们来自香港，我顺便询问他们为什么不在冬季来内地看雪？

他们回答说，这次旅游，不仅仅为了看雪，主要是在香港生活节奏快，休假到内地游览，走进大自然，亲近青山绿水，缓释生活压力。

那次对话，我深有感触，记忆悠久。

联想到近日，朋友圈刷屏的那些雪景图片，有一种现象值得回味：当飞雪落在都市那些“高大上”的现代建筑上时，显得平淡无奇。

而当皑皑白雪际遇杨柳岸、溪畔花，古桥亭雕梁、翘檐时，总能呈现出让人惊叹春水映梨花，溪水潺潺，落花绕身旁，一幅江南水乡的美图与意境。一夜之间，冬雪使“杭州变临安、南京变金陵……”

一幅幅美不胜收的雪景，把许多历史文化名城带回到了如梦如幻的诗画意境中。仿佛把人们的思绪带回到了唐诗宋词、水墨丹青的境界里。

赏雪之际， 感觉大雪也充满了灵性。这当然不是雪花偏爱古老的事物，而是人们的眼睛和镜头钟情于雪景中的“诗意”。

不经意间，我们或已习惯了所在城市的拥挤和喧嚣，触目所及皆是高楼大厦和车水马龙。人们生活在大城市里，享受着经济社会高速发展，生活节奏也越来越快，随之外部压力越来越大。蓦然回首，触目到美丽“金陵”“临安”等古城“诗意”的雪景，顿然心旷神怡。一种轻、一种慢、一种久违的停顿、一种忘我的宁静，油然而生。

有时，一些地方的城市建设贪大求快、厚今薄古，不少古建筑在推土机“隆隆”响声中轰然倒下，不少青山绿水、奇岩怪石面目全非……

而经过视觉的筛选、审美的裁剪，大雪中的城乡面貌有了特殊的意境，那些被反复强调和赞美的雪景，引发了我们内心深处的审美向往。随着社会的进步，人们向往美好生活，除了物质上的满足，更有精神上的愉悦。

我们的城市建设，有必要留一些“可发呆的角落”的生活空间。多一些让人停一停、慢一慢、想一想的地方。

池塘

这片池塘很宁静。相对于浤浤汩汩的屿头岛海峡，她泠泠潺潺、清澈淡泊。

这是位于岛屿中部的一个村庄，村前隐现一汪池塘。“五一”节后的第一个周末上午，我与高中同学一行匆匆自福州赶到松下港登上轮渡，前往这个村庄吊唁杨际芳同学的母亲大人。

村子不大，百十户的石厝依山而筑，错落有致。村庄临近海边，村民世代以打鱼为主，耕田为辅。村上民风淳朴，邻里和睦。据际芳介绍，村民的祖上有从海岛对面的福清迁入，也有从长乐迁入。际芳的祖父则是从平潭主岛的梧井村迁徙到苏澳，而后迁移到屿头岛东珠村。那日我们悼唁际芳先慈并慰问其亲属后，因为离返程的渡轮还有一个小时，本想自行在村庄周边逛逛，但是际芳担心我与陈明、华斌同学路不熟，便亲自带路前往村前的池塘走走。

雾霁氤氲，青山环绕村舍，池塘宛如村子水汪汪的明眸，顾盼生辉。

早年的池塘为面积较大的湖泊，村子的中间流淌着两条小溪，清澈的溪水缓缓流入湖中。溪流如长龙横穿村庄，湖泊似明珠，村民称此美景为“双龙戏珠”。那时，草丰水盈，土虾、河鱼、蚬螺繁衍生息。湖水还浇灌了周边的地瓜、花生等杂粮作物。

上世纪80年代后，溪水渐渐消逝，湖泊水源枯竭便成了池塘。许是那个年代，岛民过度开挖山地耕田或建房，破坏了岛上植被，造成水土流失？这种疑惑一掠而过，无法细究。时光流逝，村上的青少年纷纷到岛外打拼，剩下上了年纪的老人与那汪池塘默默地守望着这个宁静的村庄。

如今，池面不大，一亩见方。这对于从小在乡村中长大的我，平添了一份亲切感。青青的相思树、茵茵的杂草环绕池塘四周。静静的水面，粼粼的波光潋滟。池边青翠的芭蕉、海芋叶上露珠摇曳，还有那可爱的小蜻蜓，这些是我再熟悉不过的东西了，都是印刻在幼时的童趣。犹记得，年长的哥哥与堂哥常带着我，在池塘游玩木帆船的小玩具。稍大后的初夏，雨生百谷，蛙鸣鱼肥。我就与小伙伴们头顶着火热的太阳，脚踩池塘低洼捕抓泥鳅做石斑鱼的钓饵……

际芳伫立塘边，神情低沉，打量着那深蓝的池水，睹物思亲，几度哽咽。他抚摸着池边的树叶，心里有说不出的悲伤。他甚至听到池水纤细的流动声，像是与他的心灵对话。

这方池塘，与他幼时朝夕相伴。晴天，他与小伙伴们到池塘游玩，一片荷叶与几滴水珠就可以带来半晌的欢愉。或者抓鱼摸虾，或者到池塘里挑水浇灌庄稼，享受大自然给予人们的馈赠。夏晚，淡淡的月色下，母亲坐在树下，扇着蒲扇，谈着“田螺姑娘”或“剪月华”等民间传说，小姐妹们听得如痴如醉。他与小伙伴们悄悄地跑到池塘边，树上知了“喳喳”地叫着，他们嬉闹、追逐着捕抓蓝光闪闪的萤火虫……直到夜阑人静，母亲追到池边，拖拽他们回家。

这方池塘，润泽他积极上进、与人为善的心灵。作为寒门学子，他孜孜不倦，刻苦学习，那年高考脱颖而出，跻身为我们那一届中仅有几个考上大学中的一员。

那天，我在长乐松下港看到横亘于平潭海峡的公铁大桥，唏嘘不已。遥想读高一时，际芳来平潭主岛上学时，从屿头岛乘坐渡轮，颠簸一个小时到达苏澳港，然后挑着或驮着沉重的地瓜等行李，步行跋涉到芦洋校区……那地瓜缘于那方池塘清泉浇灌，甘甜香醇，慰藉了饥饿口腹，伴随他度过艰难时光。也激励着他勤奋学习，鞭策着他从医精益求精。从一名乡镇卫生院医生，到主政县中医院，再到省城医院，一步一个脚印走出来。

他身为医生，医者仁心，忙忙碌碌，医术与医德为人所称赞。作为院室负责人，他勤勤恳恳，认真做好医务管理，少有时间回老家看望母亲。

记得多年前的一个夏日周末，我和几位好友去屿头岛钓鱼，际芳也回老家跟我们同行。作为孝子，许是愧疚平时少陪护母亲，那天他整天陪着母亲。回来时，我们顺路看望他们，老人很热情，依依不舍地送着际芳同学与我们一行走出村庄。老人那副慈祥的面容，长久定格在我的脑海里。今年“五一”节，他利用五天假期守护病重的母亲身边，这可能也是他参加工作后，最长的一次休假日守护母亲。

人间无常，5 月 6 日凌晨，这位慈祥的老人仙逝，令人扼腕痛惜。

“忆得旧时携手处，如今水远山长。”眼前这方池塘依旧，芳草萋萋，池水滢滢。可是，池边却再也没有老人家婆娑徘徊的身影了……

夜来花香

夜幕降临，依旧漫步榕城西湖栈道。湖畔上，悠扬的广场舞乐曲在空中飘荡。走到湖滨深处，我被一缕暗香吸引拽住了脚步，借着幽暗的路灯，细细打量，隐约可见是夜来香。

那朵朵素雅的花儿，开得那么从容；那幽幽的馥香四处弥漫，不浓烈，却悠远。

夜来香，属多年生藤状缠绕草本植物。小枝被柔毛，黄绿色。主要生长在亚热带和暖温带地区，性喜温暖湿润。秋天，南方的夜来香快速繁衍。夜来香，淹没于草地或灌木丛中，不显眼、不亮丽，白天很难见到它的芳容，夜里却悄悄开花。

早年，我对夜来香是陌生的，自听到邓丽君的那首《夜来香》歌曲后，便慢慢地喜欢了它。

上世纪70年代，我在老家平潭上学时，当时大陆与台湾互不往来。但是，平潭海岛与台湾一海之隔，偶尔打开收音机，一不小心就会听到台湾的电台。

有天夜里，复习功课困倦，便打开收音机舒缓下心情。不经意间，听到了隔海播放的邓丽君《夜来香》悠扬的歌声：“我爱这夜色茫茫，也爱这夜莺歌唱。更爱那花一般的梦，拥抱着夜来香，闻这夜来香……”

从小听多了豪迈激扬歌曲的我，突然听到这柔美动听的乐曲，不禁惊讶不已！夜来香，似寂冷黑夜里的一股宁静安详的暖流，沁入心扉。那时，邓丽君的歌曲属于大陆禁播的“靡靡之音”。我只好忍痛割爱，关掉收音机，不敢再听。但是，心里还是眷恋着《夜来香》优美的歌声。

庆幸的是，上世纪70年代末全国人大发表《告台湾同胞书》后，两岸紧张的关系开始缓和。两岸间渐渐相互往来，台湾校园歌曲、邓丽君歌曲、琼瑶的言情小说等陆续传入大陆，让人耳目一新。与此同时，随着被禁锢的《重放的鲜花》等小说的出版，和反思“文革”中“伤痕文学”的出现，推动了当时文化生活领域的思想解放与拨乱反正。让人们渐渐地走出“文革”时期造成的文化沙漠，跨进百花齐放的文化绿洲。随后，香港金庸经典武侠小说，以及故事情节奇妙、场面恢宏《射雕英雄传》等电视剧纷纷涌入内地，给人们带来了前所未有的视觉冲击。

那时，我特地买了些邓丽君的《夜来香》等台港抒情歌曲的影音唱片，夜晚闲暇时慢慢欣赏。我也从那柔美的歌声里，进一步地认知了夜来香花的植物属性。当知悉夜来香的花香不仅香气迷人，而且有驱赶蚊虫的功能后，我特地在阳台上种植了夜来香。于是，夜来香的花儿便走进了我的生活，那种淡雅柔和的美，幽幽的芬香，成了我心中淡然的守候者。

夜来香花语：低调、纯洁、美好、独立、反叛。夜来香低调不自卑，独立自强的个性，与梅花相似。

一剪寒梅，傲立雪中，只为伊人飘香。而一丛夜来香，潜伏于草木中，暮夜百花沉睡，它却悄然绽放，暗香浮动，默默奉献，慰藉着寂寥的黑夜。人生当如夜来香，低调自强，在平凡中活出自我，在逝去前散发一抹清香，留下美好，让人回味与眷念。

夜来香，让我联想到邓丽君传奇的人生。邓丽君，是一个歌手的名字，也是一个跨时代的连接词，唤起几个年代华人的美好记忆。她的甜美歌声，给人带来一种忘记痛苦的心灵慰藉；她的恬淡笑容，温柔得让人窒息；她对爱情抱着玫瑰色的期待，却是婚恋坎坷，匆匆地走完短暂的一生。但是，她留给世间的美好，却是永久的。

不久前，偶然听到一个欣慰的消息。近期，在平潭海岛开建邓丽君主题的电视剧拍摄基地，拍摄邓丽君传奇一生的专题片。据说，电视剧拍完之后，主场景将留下作为一个旅游景点。我不禁唏嘘，人间的真、善、美，总是令人难以忘怀。静夜里，人们重温邓丽君的音乐，是对她甜美悠扬歌声的留恋。现在两岸联袂拍摄邓丽君励志、传奇的追梦历程的电视剧，让喜欢邓丽君歌声的人们回味温馨的场景。这，又何尝不是珍惜邓丽君与对她英年早逝的不舍呢？

很欣赏日本现代画家东山魁夷，在散文《一片树叶》

里的那句话：“无论何时，偶遇美景只会有一次……花用自己的凋落闪现出生的光辉。人类在心灵的深处珍惜自己的生命，也应珍惜他人的生命。”

夜来香，谙熟大自然的造化玄机，白天里不与众芳争艳，积蓄能量；夜里悄然开花，芬芳寂夜，绽放异样的生命风采。

好花不常开，好景不长在。花物如此，人生亦然。人生路上，几许欢乐，几许惆怅。机缘际遇本是这样偶然、短促和有限的。何不，热爱生命，珍惜当下，珍惜彼此呢！

百合寄语

百合花，纯白如雪、形似喇叭的花瓣，比起那些雍容华贵或者大红大紫的花，更显得清纯优雅，令人喜欢。

不久前，朋友圈上看到欣桐老师发的君山上百合花绽放，不禁想起幼年时有关百合花的往事。

夏日里，老家的山野上，可见零零星星的百合花。微风摇曳中，娇柔的花瓣、曼妙的身姿，翩翩起舞。

百合，又被叫作山丹、中庭、中逢花、夜合花等，是多年生草本的球根植物。百合花的香气，虽然没有茉莉花的那么浓郁，却也不招惹蝴蝶与蜜蜂。

我欣赏百合花不卑不亢、坚强执着的生命力。林清玄曾说："百合花要开花，是因为它知道自己有美丽的花开；它要开花，是由于自己喜欢以花来证明自己的存在。不管有没有人欣赏，不管你怎么看我，我都要开花！"这种锲而不舍的精神以及不张扬、不炫耀的品质令人感动。

朝阳下的草丛中，百合花绽开的花儿，带着晶莹的露珠。其他野草都以为这是早晨的水雾时，只有百合花知道，那是自己喜悦的泪水。到了夜晚，百合花便萎缩闭合了花瓣，所以人们也称它为夜合花。其实，夜晚闭合花瓣，是为了节省能量，在白天尽情绽放自己的美丽。

百合花就是这样让人温馨而又敬佩的花卉。

小时候，乡村物质匮乏，生活苦涩。有时，我上山采摘回百合花养在家中的玻璃瓶子里，那淡淡的馨香立刻弥漫于石厝里。有了百合花的随伴，使得心情欢愉，抚慰清贫的生活。那况味仿如诗人陆游的北窗偶题：“尔从香百合 ，一架粉长春， 堪笑龟堂老， 欢然不记贫。”

其实，对百合花感触最深的是中学时，课本里女作家茹志鹃的小说《百合花》的故事。

故事用一张缀满百合花的新被子连串全文，以委婉细腻柔美的笔调描写小通讯员与新媳妇之间那种纯洁美好又微妙含蓄的感情。至今还记得那课文描述的情景，那个淳朴、勇敢、腼腆的小通讯员，让他去向老乡借被子，真比上战场还难。小通讯员的牺牲，让人有种透不过气来的感觉，令人惋惜。他还那么年轻，心中一定有像百合花一样美丽的憧憬。

很长时间过去了，可那个故事一直萦绕在心中……

后来，我在岛外生活，偶尔回乡，很少看见百合花开。但是，梦中时常出现如下情景：家乡的山野上，我和小伙伴们头顶蓝天，沐浴骄阳；聆听淙淙流水，小鸟歌唱；山风吹拂，百合花儿婆娑起舞。我们奔跑、嬉闹着采花儿……

花开花落年复年，时光流逝，家乡也改变了模样。今年五一假日，我又回趟老家，发现村边正在修建公路，原先那个池塘与田地已经荡然无存，附近也见不到百合花了。彼时，心头便涌上淡淡的惆怅。

五一下午，我到城关拜访文友一是斋主，偶然发现他家的房前屋后，种植着许多株百合花，那一朵朵百合花朝气蓬勃，绿油油的叶片托起一朵朵百合花，婷婷袅袅，漂亮极了！

文友平时嗜好收藏、通晓茶道、善于诗作，是个热爱大自然的性情中人。令我欣喜的是，在他家的花园里，还看到了种植的金银花、朱槿花等花卉。还品尝了刚刚采制的桑葚果茶。

他说这些百合花、金银花等是从山野上移植来的。并介绍说周边的很多民众喜欢种植野生花卉。

记得北宋著名文学家晁补之的诗句：“永日向人妍，百合忘忧草。”这是文人寄情自然风光，乐观豁达的人生感言。谅想，随着社会各界对生态环境保护工作的重视，以及人们生活水平的逐步提高，将力求与自然和谐共生，建设绿色家园。而我又何必惆怅日前见不到老家的野百合花呢？

夏日的慰藉

岁寒有三友，夏天有三白。在南方的夏季，人们都被暑热和阴雨折磨，而绿叶白花的植物却能带来一丝清爽，给人以慰藉。福州的夏日则有茉莉，白兰和栀子，被人习惯称之为夏日三白。

白兰是木兰科常绿乔木，百姓也称“白玉兰”。白兰花，虽然没有牡丹那雍容华贵，却平添了一抹沁人心脾的清香让人们慢慢品味；也没有栀子花的花团锦簇，却带有一丝淡雅，让人感到从容安然。

我初次看到白兰花，是早年在福州仓山杜园上学之时。那是一个初夏的早晨，我到校舍附近树木掩映的草地上看书。突然，一阵清幽的香味随晨风袭来。我循着花香走去，来到草地边一片树木前，发现树枝上一朵朵洁白的花朵悄然绽放。那花瓣沾着清露，在一层薄薄的仿如轻纱的晨雾中，清丽脱俗，宛若仙子。

伫立花前，端详着美丽安详、亭亭玉立的花枝，呼吸着馥郁的花香。美极了！令我不由地想起一首古诗里的典故。

有一天，宋徽宗用“踏花归来马蹄香”为题，要求画师作画。

众画师们挥毫泼墨，大多画的是马儿直接踏花的场景，但是却没有突出那抽象的“花香”味。只有一位画师另辟蹊径，所画的是：一匹骏马奋蹄疾驰，马蹄边飞舞着几只小蝴蝶。真是绝妙的构思啊！

画中虽然没有花，但那追逐马儿的小蝴蝶却使人依稀嗅到那浓郁的花香。宋徽宗观后拍手叫绝。

当时，我心里琢磨着，莫非这个画师，也是经常呼吸着白兰馥郁的花香，才能在考场中顿生灵感，技压群芳，最终夺魁？

其实，我第一次看到如此美丽的花朵，却不知此花的芳名。那时我刚从偏僻的东南海岛渔村来福州，平时接触到的花卉不多。当时也没有类似目前“形色”APP、微信上“识花君”等识别花卉的软件。后来，我咨询福州的同学后，才知道这素雅、洁白的花叫白兰花。从第一次见到这明净如雪，高雅如莲的白兰花起，一种说不清道不明的喜爱之情瞬间油然而生。

在那个年代，歌曲《北国之春》刚刚开始流行，课余时间，同学们漫步校园里的草坪或小山岗时，常常哼起“亭亭白桦、悠悠碧空、微微南来风，木兰花开山岗上。”周边草木茂盛，小溪流水淙淙，白兰花香盈盈，心情十分愉悦。

幸运的是，这纯雅洁丽，清香远溢的白兰花，伴随着我后来的岁月。从刚工作时住的中山路上省商业厅大院，到后来居住的西湖附近，都有着白兰花的影子。

早年在中山路大院里的操场边上，长着几棵青翠的白兰树。我们几位年轻的同事，早晚经常在弥漫着淡淡花香的操场上打球或者散步。而每天清晨，不时看到我的师傅会在白兰树下练太极拳。他告诉我，之所以喜欢在白兰花下挥舞太极拳。是缘于沐着氤氲的白兰花香气中练拳，能使一颗浮躁的心渐趋平稳，让自己的神意与心情平衡、自然，神舒体松，有益健康。师傅是我工作部门的领导，也是省商校的学长，他为人热情善良，精通财务管理。从他那里，我学了不少工作经验，还学了许多做人道理。好的人品，犹如白兰品格，历久弥香，难以忘怀。

中山路大院已经阔别多年，那个年代已渐渐远去。但是，每到夏天，我时常惦记起师傅与那抹白兰花香。平时，偶遇路边提着篮子叫卖白兰花的老人，都会随手买几串白兰花，以愉悦身心，融释情怀。

记得汪曾祺先生曾赞白兰，“使我的心软的，不是怀人，不是思乡。”季节和时令，都会有固定的恩赐，像人们的情绪一样鲜明，只是再好的花，也抵不上夏日里的那一朵白兰。

人生苦短，光阴弹指而过。无须在意身处何地，无须刻意精彩还是平淡，无须计较得与失。只需心植白兰，慰藉余生。

彼泽有蒲

很喜欢长在溪畔、湖泽里的植物，比如菖蒲、荷等。因有水的浸润，这些植物就有了异样的灵性与生机。

菖蒲，为多年生草本植物。根状茎粗壮，叶基生，似剑形，中部以上渐狭，呈光亮的绿色。菖蒲通常有三类，即为水菖蒲、石菖蒲和九节菖蒲。

“五月五，过端午；挂菖蒲，插艾草。” 端午时节，渐入热夏，湿热弥漫，湿毒易侵袭人体。菖蒲的气味芳香，能够辟秽化浊，具有解毒驱邪的功效。于是，古早百姓常在门上插艾蒿、悬菖蒲、挂大蒜，寄寓以菖蒲作剑、以艾作鞭、以蒜作锤，用来退蛇虫、灭病菌、驱毒邪。

菖蒲，宜生长于清泉幽谷。只要水清境幽，常年不涸，就能茂盛生长，四季常绿。“异根不带尘埃气，孤操爱结泉石盟。”长于山溪、河流的岩石边酷似韭菜的石菖蒲，有着细如发丝的根须，像吸盘一样紧紧吸在石块上，水位低的时候，以水汽养命，数十年都不会枯萎；春夏涧水丰盈时，流水渐渐，浅滩石缝，菖蒲青青。不管流水如何搏击，即使淹没水中，仍然泰然自若，笃守一处，修出一身清气。

几千年来，菖蒲已交织在国人的生活中。

历史文献上，有关菖蒲的记载繁多。早在《诗经》中的（陈风·泽陂）诗曰：“彼泽之陂，有蒲与荷。有美一人，伤如之何！寤寐无为，涕泗滂沱。”诗的大意为有个女子，看到池塘边的菖蒲与荷花相伴成长，生发思念爱人，泪水凄然。诗以蒲草与荷花衬托在水一方佳人的思念情怀，弥漫着率真、凄美的气息。

春秋战国时期的《本草图经》中，曾这样描述菖蒲：“其叶中心有脊，状如剑。”据传，铸剑鼻祖欧冶子看到水波之上那些直挺挺的菖蒲叶子随风而动，如一支支宝剑出鞘，泛起一道道凛然的光芒。他受到启发，呕心沥血，锻铸磨炼十载，终于铸就越王“纯钧”宝剑。福建松溪县境内的湛卢山，以及福州冶山路附近的欧冶池，都曾是他当年炼剑的地方。

菖蒲生长对水质的要求极高，倘若周边水浊境污，则会渐渐枯死。因此，先民便根据菖蒲的生长状况，判断水资源环境的优劣。

此外，古人喜爱食用菖蒲，以驻颜、长生。据史料记载，周文王特别喜欢吃一种叫“菖蒲菹”的食物，就是用菖蒲做成的腌菜。汉代有诗云：“石上生菖蒲，一寸十二节。仙人劝我餐，令我头青面如雪。”梁代江淹《采石上菖蒲诗》中也有：“冀采石上草，得以驻余颜。”

菖蒲除了可以食用保健之外，古人对她的品性也相当推崇。菖蒲与兰花、水仙、菊花并称为“花草四雅”，因菖蒲耐苦寒，安淡泊，而居“四雅”之首。

《离骚》中，屈原就赋予了菖蒲崇高不屈的品质。《离骚》中出现的植物有秋兰、江离、芷、宿莽、蕙茝、荃，木兰、申椒、菌桂，而其中“荃”即是菖蒲。菖蒲仅仅凭借净石与清水生存，象征着不肯与浊世同流合污的高士化身，是君子品行的镜影。

从唐宋开始，文人雅士，最喜爱这菖蒲一抹翠色。他们将溪畔、湖泽里的菖蒲，移植到文房盆栽之中，不求过盛，所求非茂，最好附石共生，置于盆中，颇有一番幽韵。这恰与当时文人的爱石之风相符合，成了彼时书房中流行的摆设。

陆游在《夏初湖村杂题》中，曾如此描述隐居生活的悠闲平静：“寒泉自换菖蒲水，活火闲煎橄榄茶。自是闲人足闲趣，本无心学野僧家。”诗中足见陆翁的闲逸与自嘲。明代王象晋《群芳谱》中说：“若石菖蒲之为物，不假日色，不资寸土，不计春秋，愈久则愈密，愈瘠则愈细，可以适情，可以养性，书斋左右一有此君，便觉清趣潇洒。”……古籍文史中关于栽植菖蒲的描述不胜枚举，菖蒲盆景寄托着文人士大夫们的顺应自然、清雅高洁心志。当然，古早书房中的陈设，兼顾多方面的功能。如在烧茶、磨墨、焚香等多为文人墨客亲力亲为。而在为菖蒲盆景换水、修剪枝叶等莳花弄草动作上，也有助于活动筋骨，锻炼手脚，放松心神。

南方山清水秀，湖泽广布，气候湿润，适合菖蒲生长。菖蒲遍布八闽大地，福州周边的闽侯、永泰等地都能轻易找到这种植物。不久前，我到闽侯三叠井附近参观文友郑兄经营的林园，返程途中发现山涧溪边有一片宛如凌波仙子的菖蒲，微风吹拂，袅袅婷婷，甚是喜欢，特地拔了些带回家中栽养。本以为室内养殖菖蒲，只要平时勤快添水就会活得好好的。可是，几天后，发现菖蒲不像先前的那么青翠挺拔，许多叶子变得枯黄萎缩。难道是水土不服的原因？咨询了植物爱好者青色老师后才知道，原来水是养蒲的关键，盆土要见干见湿，水量过大根易腐烂；日常浇水以保持盆土湿润为宜，浇水过多，易造成叶黄。若非天气干燥，大约两日喷洒一次水就行。于是，我及时纠正了养护方法，不久这盆菖蒲长成葱葱郁郁。

古语云：格物致知。自古以来菖蒲深得人们的青睐，于我，栽植菖蒲，真意在于舒缓视力、怡情悦性。窗外四时流转，每每掩卷搁笔，抬眼对视书桌上翠绿清雅的菖蒲，仿佛自己回到大自然中，直堪悦目赏心。

雨后湖边

向晚，趁雨点停歇，便到家附近的西湖走走。

时值小寒气节，湖滨上寒气逼人，路上见不到多少行人。路边的蜡梅已经长出含苞欲放的花蕾。虽然花还没有开，却从缝隙间透出丝丝醉人的香气，随着寒冬四处飘荡，散发着沁人心脾的芳香气息。岸边稀疏的柳枝，随风摇曳，发出沙沙的响声。倒是平时看起来不怎显眼的叶子花，在万物萧然之时，却勇敢钻出岸边草丛，编织者花红叶绿的图案。叶子花在寒冬里，把枝头上剩余的花苞一朵朵开出来。开一天，再开一天，每一朵花都显得热情、眷恋、珍重。这是写给生命的诗，是坚忍不拔、体恤与慈悲精神的写照。

走到栈道上探入水湖中的一个小亭台上，在木长凳上坐了下来。

这是个很好的地方。亭台四面环抱着西湖与左海，周边的风景，尽揽入眼中。天色如黛，湖水含烟。宽广的湖面倒映着天的深蓝，朦朦胧胧的水雾低垂着头，仿佛披着轻纱，羞羞涩涩的少女。

湖面上，游艇也比平日少了许多。偶见几只游艇，在湖面上缓缓地游弋，艇上传来游客轻快的欢笑声。岸边的树木葱葱绿绿，树梢尖尖在微风中轻轻摇动，有如一对齐立的孩童摇曳着小手，在轻轻地晃动。大梦山则像个上了年纪的老人，执着地绽放饱含生命厚重的浓郁的墨绿色，成为这一切的背景。

突然，远处传来了悠扬飘逸的歌声。循声望去，但见对面的湖岸小亭榭上，有位老者正在高声练唱。人生苦短，或许到了退休后才会更加清楚一切都是身外之物，只有健康和快乐属于自己。

其实，我平时的爱好兴趣不多，去处也不多。闲时除了宅家看书练笔外，更多的是到西湖散步。

晚上的西湖，恰好没有白天的那样人潮如织。却也成了众多老者的娱乐场所。有个老年合唱团经常在公园里合唱演练，他们的年岁虽高，但个个精神饱满，声音洪亮。老有所乐，不亦乐乎。还有几个热心人，经常在西湖入口处的一个小台亭上搭起唱台，免费提供话筒与音响设备，让游人可自愿成为唱台主角，一展歌喉唱出自己的风采。

思忖中，夜幕渐渐降临，天空由苍蓝色变成深墨色。随之，西湖又飘起了细雨。湖面上水汽氤氲，云雾迷蒙，一切都变得恍恍惚惚起来。

于是，我匆匆地往回走。突然，栈道上出现了一个熟悉的身影。咦！前天晚上看到的那个垂钓者，又在那边专心地钓鱼。

记得前些天的一个晚上，我看到寒冷的湖边上，只有他一人在垂钓。今晚下雨，他又在悠哉地垂钓。我不禁想起唐代吕岩的诗句：“落日斜，秋风冷。今夜故人来不来，教人立尽梧桐影。”

诗中的主人在冷寂中，等待老朋友的到来，等了很久了，夜幕已降临，月华满地了。又不知过了多久，梧桐影子也萧疏了，连月影都没有了，照样安然等待，这心态真是好。我心里暗想，这个垂钓者犹似诗中的那个人，不管是天气小寒大寒、或是湖水清澈无鱼，依旧等待着鱼上钩时湖面泛起的涟漪。因为，他钓的是闲情逸趣。

又见青苔

连续几天的阴雨终于停歇了。

周六上午，天色转晴，便约上好友来到鼓山栈道行走。

雨水洗涤过的山林，散发着淡淡的清香。薄雾氤氲，不远处涌泉寺隐约传来的晨钟与木鱼声，袅袅飘悠，我心中恍惚有着幽谷般的空灵。山径边上，寂寥的使君子缱绻，无精打采地开着花叶。上周末肆意开放着鲜艳的琴叶珊瑚花，雨过凋落，细碎的花瓣洒落在湿漉漉的栈道上，满地的凄美。

突然，脚底一滑，我一个趔趄连忙站稳。蹲下身来低头细看，原来是一片青苔，长在潮湿的台阶间。青绿色，上头闪着点点米粒般的白色小花。仔细察看周边，原来这段石径旁边的山涧里流淌着一条小溪。水流并不湍急，潺潺而过，但清澈见底。

走到溪边的一块青石板上停歇下来，石板旁一片清新的绿，也是盛开着的苔花啊。

青苔，非草非木，无枝无叶。紧贴大地，不贪土壤，不恋阳光。在这草木萧然的秋野上，悄然低调地繁殖，令人赞叹。面对绿意盎然的小可爱，我不由地想起历史上诗人描写青苔，以及那些有趣的故事。

最为称赞青苔励志的，算是清代诗人袁枚的《苔》这首诗：“白日不到处，青春还自来。苔花如米小，也学牡丹开。”

苔花如此细小，却静守一隅，只争朝夕，自强不息，似牡丹般盛情绽放。其实，袁枚还另有一首咏苔五绝：“各有心情在，随渠爱暖凉。青苔问红叶，何物是斜阳？”

青苔从来没有见识过斜阳之美，诗人是为之可惜还是庆幸呢？

谅必诗人谙熟青苔的生性，并试图从一抹幽深绿意中，揭示处世的奥妙。

世界很大很缤纷，生命有长有短。人生的进程中，难免有顺境、也有逆境，有巅峰、也有低谷。焉能得意时趾高气扬，失意时垂头丧气，失去斗志。无论身在何地，什么样的处境，都要坦然应对。牡丹有牡丹的富贵华荣，热闹非凡；青苔有苔花的卑微自强，安然自在。苔花不会因为别人在意与否，依旧在阴暗潮湿一隅，毅然展现自身的价值。

这种自强不息的性格，使我联想到不久前的热剧《延禧攻略》中的魏璎珞。

她是从一个不怎么识字的卑微绣女，为寻求长姐的死亡真相，入紫禁城为宫女。起初处境是艰辛的，但是她不自卑，至真至情，自强不息。魏璎珞凭着机敏灵活的头脑、宽广博大的胸怀，化解了宫廷上下的重重困难，最终成为襄助乾隆盛世的令贵妃。而历史文字上，最早描写青苔的汉代《汉书·外戚传》中《悼己赋》的诗作者班婕妤，她的命运却与魏璎珞截然不同。

这个叫班婕妤的宫女，长得颇有姿色，曾经受到皇帝宠爱。但是，班婕妤自命不凡，缺乏心计，竟然在皇帝面前摆弄 “女长官” 的架势，经常教训皇帝。有次，皇帝想跟班婕妤一起驾车出游，她却说哎呀这样不好啊，把皇帝从兴致勃勃说到兴味索然，反感气愤。不久，宫廷来了一个会撒娇，会跳舞，长得俏丽的赵飞燕，就把班婕妤给排挤到冷宫里去了。

班婕妤守着寂寞，门掩日斜人静，落花愁点青苔。心中惘然，于是，便写下了凄厉的《悼己赋》：“华殿尘兮玉阶苔，中庭萋兮绿草生。”班婕妤的哥哥萧纲，在《怨歌行》写班婕妤也提到了苍苔：“苔生履处没，草合行人疏。”

此后，青苔就从宫殿里蔓延开来，长满了思念之人的庭院。

到了唐宋时期，随着以王维、陶渊明等山水田园诗的兴起，青苔逐渐摆脱微贱、幽寂的旧日形象，上升为一种褒义，代表着不染红尘、清净脱俗。变得清丽可赏，深受文人墨客的青睐。

唐代诗人王维对青苔的喜好，情有独钟。天晴时，王维逍遥在“空山不见人，但闻人语响”的深林里，只看夕阳返照在青苔上。

王维下山时，还带些青苔带回家，制成盆景，放置在书房里慢慢欣赏。后来，王维的文友们也纷纷效仿。于是，青苔盆景便渐渐成了那些文人墨客修身养性的雅兴……

“叽叽、叽叽……”林中忽而传来寒蝉凄切的叫鸣声，打断了我的思绪。

不觉莞尔一笑。暗自叹道：这秋蝉鸣声由先前的聒噪变为如此低吟，何苦还眷恋着盛夏的呢？不如学学树下这些励志的青苔，不念过往，自强不息。

又低头瞧瞧那片绿油油的青苔。这些可爱的绿色小精灵，令人喟叹。是啊，大自然中，细小而翠绿的青苔，永远不是主角，但她表现出迥异的生活态度，让人们浮躁的灵魂慢慢沉淀、宁静……

诗圣心灵的家园
——杜甫草堂略记

夏日的周末，去了一趟成都，最吸引我的不是令人垂涎欲滴的麻辣火锅、经典美食；更不是那人潮如织的宽窄巷、锦里古街，以及店家林立的春熙路。最让我青睐的却是青华路上，爱国大诗人杜甫《茅屋为秋风所破歌》诗中所描绘的“杜甫草堂”。

这座简陋而低矮的草堂，是杜甫流寓成都时的故居，让他那颗流浪的心找到暂时的栖处，有了家的慰藉。在唐宋诗人中，杜甫是我最敬仰的大诗人。这个炎热的中午，我欣然前往观览“杜甫草堂”。

步入草堂正门，看到了一条桥亭相间、草木掩映、流水淙淙的小溪，这就是杜甫诗中经常提到的“浣花溪”。沿着溪径慢行，溪边草长莺飞、海棠飘香，让我立刻感觉出远离了燥热的、喧嚣的闹市，一种超脱尘世的幽雅安然气氛油然而生。难怪文学研究家冯至先生评说：“人们提到杜甫，尽可以忽略他的生地和死地，却总忘不了成都草堂。”

夏天成都的天气犹如川剧“变脸”，说变就变。刚进入草堂时，骄阳当空的。眨眼间，天空突然间乌云密布。不久，便下起了倾盆大雨。我赶紧闯过“少陵草堂”碑亭，一路向北，来到“茅屋”躲雨。

“茅屋”是座茅草覆顶，灰土泥瓦的典型川西农居建筑。这“茅屋”是安史之乱以后，杜甫流离到成都，由友人的资助下，在成都西郊的浣花溪畔荒地上，盖起的一座小茅草房，杜甫一家便惊蛰居下来。现时的茅屋，实际是上世纪九十年代在原址上恢复重建的。

茅屋园内按照杜甫写下的诗句“入门四松在”，“小径升堂旧不斜，五株桃树亦从遮”而种植了松树，桃树。茅屋的正中为堂屋，两侧为卧室，东头为厨房。每一间房都入进了相应的家具，桌椅、石磨、水缸等。左侧是杜甫的卧室，放置着文房四宝等。

茅屋门前的左侧有一眼水井，旁边环绕的芭蕉和其他灌木。门前的右侧种有几株楠木、松树和竹子，是杜甫最喜欢的三种植物，也可由此看出诗圣刚直不阿，高风亮节。

稍过片刻，雨骤然变小了。我继续漫步草堂，细雨朦胧，仿佛看到当年杜甫在茅屋门前的楠木绿荫下，与好友下棋畅叙的情景，在潺潺流水的浣花溪旁咏诗苦作乐的情景。遥想诗人当年晴耕雨读，写出了“细雨鱼儿出，微风燕子斜”，“两个黄鹂鸣翠柳，一行白鹭上青天”的惊喜之情。

我还仿佛看到一千几百年前的草堂，那位满怀悲天悯人、伏案疾书的诗圣，对着被怒号的狂风吹散的茅屋，在风雨中悲怆问天的背影。忧国忧民的他，尽管诗句颇多悲哀的血泪，却始终昂扬斗志，充满希望与憧憬。纵然茅屋为秋风所破，仍能思虑“安得广厦千万间，大庇天下寒士俱欢颜。”这种心忧天下的家国情怀，令人赞叹。

雨渐渐地停了，我便继续游览草堂的药圃。杜甫在草堂四年多时光里，他潜心创作的同时，并躬耕种植草药，他还炮制与出售中草药。

杜甫缘何熟悉花草植物，还会种植中草药？许是他亲近山川田园，采菊东篱，悠见南山，荷锄归去，烹饪熬药……自然地熟稔了更多的草木花卉、庄稼药物。他在青年时代就学习了不少种植中草药材的知识，酷爱耕耘与种植草药。晚年入蜀后，杜甫体弱多病，贫困潦倒，无钱买药治病。再者，杜甫弃官为民，无官一身轻，隐居田园，这也是他的精神寄托。写诗是他对时代的不满和呐喊，热爱耕耘与种植草药是他渴望自食其力与追求“世外桃源”的生活。

杜甫晚年反映田园生活诗作中，湖光山色、庄稼花草、清新自然、情景交融，并更多描写花草药物。他把“故山多药物，胜概忆桃源”的感叹写入诗句，他写丁香是“细叶带浮毛，疏花披素艳”；写决明是“雨中百草秋烂死，阶下决明颜色鲜”；写栀子是“红取风霜实，青看雨露柯”。笔触朴素纯美、淋漓尽致地描绘出植物与草药的特性、形态。

悠悠草堂，满屋满园折射的是世间的艰辛，见证的是悲凉的历史。留给后人的，是心忧天下、家国情怀不朽的风骨激荡；是诗人亲近山水田园，对未来充满希望与憧憬的写照。

草堂的田园花草，让杜甫一生颠沛流离，备受挫折的心得到抚慰与滋养。在流寓草堂的岁月里，他写了许多悠然、恬静的诗作，如《不见》《酬高使君相赠》等。如今，人们来此驻足，聆听诗人的歌吟，浮躁的心也会变得清静安然。

枫叶流丹

向晚，余晖静静地洒在操场边的一片枫树林上，枫叶绯红，流光溢彩，与灿烂的晚霞相映成趣。微风吹拂，枫树散发着淡淡的清香。

脚下，是历史文化名城常州市的建行研修中心华东研究院的校园，也是建设银行培训基地。

我第一次见枫树，是在三十多年前，观览北京的香山红叶。山峦流丹，层林尽染，火红的枫叶让生长于枫树稀少的东南沿海的我所陶醉。于是，带回了一枚漂亮的枫叶压在自己办公桌的玻璃砖下，每当工作疲倦时便欣赏这枚养眼的红叶。

由于工作办公场地几经更换，那枚红叶早已荡然无存。但是，年轻时的情怀总是诗，关于那枚掌状的红叶，关于那些尘封多年化为泥土的记忆，时时在我的脑海里浮现。

和北京的落叶乔木枫树相比，这里的枫树多为小乔木鸡爪枫、青枫，纤细小巧。春天发芽，每个夏天叶子先是绿色的，到了深秋，气温降低了，树叶才会渐渐发黄、逐渐变红。

置身这前后左右深深浅浅的红叶中，我忍不住诧异：

枫叶飘红，枫一生的赤诚就在这萧瑟的季节里了。红红的枫叶，显示着生命力的长久，而经霜的枫叶比初春的红花还鲜艳；经历了寒冷的考验，枫叶变红了，成熟了，达到了真正美的境界。

自然界枫叶如此，人生亦然。只有经历了长大、挫折，人才能变得成熟，而成熟的美，才是真正的美。

“生如夏花绚烂，红如秋叶静美。”我们走过了秋水长天，就会迎来冬雪纷飞。霜寒肃杀，万物飘零。红叶成了深秋初冬最为明艳，最为亮丽，最为动人的色彩。枫叶用自己的生命来绚丽人们，让他人生命充满浪漫。这点让人们深有感触，时光匆匆，青春逐渐消逝。何不珍惜当下，充实自己，让生命绚丽多姿，盈香满怀。不再为时光的无情而抱怨，不再为岁月的鞭笞而伤神。

回眸曾经的历程，许多往事成为岁月里的温馨的记忆。

常州培训中心，是本人供职的建设银行总行的培训基地。随着时代的发展，每次推出新的业务，都会组织来自天南海北的系统相关岗位的管理人员来此参加培训。我也不时来此出差，较早时多作为学员参加培训学习，后来也偶尔来这里参加相关工作研讨会，或者参加编撰全行业务培训教材等。

每次来培训中心都是行程匆忙，碰到的多为新面孔学员。偶尔碰到老朋友，则高兴不已。印象最深的是，2010年在这里参加了为期一个月的全行系统骨干培训班。彼时，这里还是寂寥的郊区，没有现时高楼林立，商店栉比的“城市宝龙广场”；也没有如今游人如织、色彩斑斓的青枫公园。四周是一片田野，还有一条清澈的内河，河中长满荷花，岸边柳青枫红。

如今，那期一起参训的本省学员中已有部分人员或外派到海外机构工作，或已华丽转身，驰骋其他行业。曾经的傍晚时一起在校园操场上锻炼，或者到青枫公园散步的情景，恍若就在眼前。

流年似水，聚散无常。人如同随风飘落的枫叶，忽而聚在一起，忽而散开寻找各自的归属，续写生命的篇章。

“染墨流年，岁月沉香。”岁月这本书，厚墩墩、沉甸甸，无须笔墨，却记载着悠悠岁月的足印、沉浮、起伏、酸甜、苦乐，以及成功与失败的喜悦和沮丧、繁华与落寞的尽情和消沉。人生就是一次旅途，一路走来，路过无数的鸟语花香，也会经过太多的风雨漫长。让人可以从繁杂的生活中走出生命的沉稳，需要的是内心坚定的信念与一份淡然的努力。

很欣赏名句:“停车坐爱枫林晚，霜叶红于二月花。”古人早已感悟，同为红叶，但是，霜叶与春花是不能比拟的，不仅仅是色彩更鲜艳，而且更能耐寒，经得起风霜考验。

漫步校园小道，忽的一阵风吹过，一片枫叶悠然落下，我不由地捡起仔细端详，红叶的条纹清晰地映入眼帘。不禁感叹，红，它是血脉的颜色，是生命最初的本色。红叶，这大自然馈赠人类的精灵，体验着五彩缤纷的人生。

枫叶流丹，岁月沉香。

叁 第三辑

心海泛舟

吟咏乡愁，抒怀亲情。叙写往事，浸濡对故乡故人的深情记忆与人生感悟。

海边的小孩

生于海岛，长于海边，海边美丽的风光，幼年快乐而又苦涩的生活情景，令我难以忘怀。

夏季，是海边小孩讨小海的好时节。

村边长江澳海滩上，平常看不见的礁石，每逢退潮都裸露出来，小伙伴们便到礁石边捡螺、捉虾、钓鱼等，享受大海的恩赐。

此时，也是彰显海边小孩水性的最佳时机。为了收获更多的鱼虾海贝，潮汐还未见底，小伙伴们便一手托举鱼篓，一只手拍打浪花，抑或立泳，抑或侧泳，游到不远处的“过港”礁岩上讨海。

每逢“大水”潮汐期，礁石边鱼儿特多。有时钓鱼的诱饵用完，机智的小伙伴现场撬起礁石上的小海蛎充当诱饵，那些饿昏了的小红斑，飞快地扑上鱼钩。

“救命啊！石愚（章鱼的土话音）抱住我啦！”小伙伴突然呼叫着。原来，一只鲁莽的大章鱼，将八爪紧紧缠绕着小伙伴踩在海水里的腿上，我们用力掰开章鱼的爪子，提起章鱼快速扔入鱼篓里。

暮色四起，海水“哗哗”上涨，我们匆忙收工。顺路来到岸边的一口非饮用的古井上，顽皮的小伙伴便迅速钻入清凉的井水里，冲洗去浑身的海腥味与倦意。

讨小海的活儿，既给当时单调的地瓜为主的“咸三顿”增添了滋味，也为苦涩的日子带来了乐趣。

长江澳口风浪较大，潮水将贝壳冲刷到海滩，日积月累沉淀在沙滩里外。彼时经济落后，我们经常去海滩挖捡贝壳，出售给加工厂烧成白灰，作为建造房屋和修船的重要材料。

清晨，海边刚露出鱼肚白。木麻黄树上麻雀“唧唧喳喳”叫嚷着，年长的哥哥姐姐在微亮晨光中，已整理好锄头、箩筐、干粮，叫醒我去海滩上挖捡贝壳。我打着哈欠，揉着惺忪的睡眼，跟着哥姐来到凉风习习的海边。吃力地挖着海沙，一不小心被贝壳扎疼了手，心想，这一层层又湿又重的海沙，啥时候才能挖个尽头。

后来，沙滩里面的贝壳渐渐地被我们挖完了。于是，我们只好拾捡些海滩上的贝壳。有时，从老家的海边出发，沿着长江澳海滩，一路上拾捡贝壳到数里远的君山下才返回。

上世纪 80 年代的秋冬季节，长江澳外的大嵛岛周边海域盛产梭子蟹。晨曦时，渔船启航出海，抛撒鱼网捕抓梭子蟹，夕阳里收网归航。每当夜幕降临，家家户户的门前灯火闪烁，大人小孩们蹲着从渔网上拆卸梭子蟹，经常忙碌到天亮。

那个年代，我们深深地体会到渔村生活的艰辛。

长江澳的西面，种植着一片葱葱郁郁、密密麻麻的木麻黄防护林。秋冬时间，金黄色的木麻黄树叶随风潇潇洒洒地从天空飘落下来，地上便积起一层厚厚的、软茸茸的木麻黄枯叶。于是，周末与寒暑假时间，我们就背起箩筐，拿着“耙梳”去拾耙枯枝落叶，用来烧饭。

有时，起大早赶到芦洋铺耙草，一直到看见君山上的村庄飘起袅袅炊烟时，才挑着两大捆木麻黄落叶，沿着长江澳海滩缓缓回家。路上累了，饿了。我便坐在长江澳海滩上，双手托腮，吹着海风，痴迷望着大海。近望细腻的沙滩，洁白的浪花，哗哗流淌；远眺波涛汹涌的大海，在阳光的照射下，泛着金光，海天一色，没有尽头。突然，湛蓝的天空下，缓缓飘动的白云中，一只海鸥展翅翱翔。

年幼懵懂的我，还谈不上什么鸿鹄之志，却希望自己将来也像海鸥一样，能够悠扬地越过大海，飞向远方精彩的世界。

若干年后，我离开渔村，来到都市求学工作，睽别家乡，在文字里寻找丢失的乡愁，才懂得没有大海，没有长辈，就没有自己先前安然读书的那些时光。

潮起潮落，云卷云舒。时光似潺潺流淌的海水，匆匆流逝。长大后的那些曾经一起追风拾贝、踏浪讨海的小伙伴，为了生计，一个个背上行囊，纷纷外出打拼。

岁月辗转，深藏着我对大海不解的情怀。常常站在海边，静静地感受大海的博大胸怀，赏阅大海千变万幻的神韵。喜欢她的浩渺，喜欢她的蔚蓝，喜欢海边的朝阳、海边的落日、海边的沙滩、海边的飞鸟……

参加工作后，我利用休假日领略过更多的大海。曾经登上马尾港上的罗星塔，远望东海澎湃咆哮的涛声，抨击着我的心扉。回想从马江海战到甲午战争，中华民族惨遭世界列强欺凌的残酷历史，思绪变得沉重而悲怆；踏上“海天佛国”舟山群岛的普陀山，在海天茫茫，梵音缭绕中，体悟“苦海无边，回头是岸”的意境，启迪自己要常怀慈悲心，乐于行善；淌过北戴河，感受渤海湾的浑厚与深沉；游过海南，欣赏三亚“天涯海角”的蔚蓝与清澈，聆听海枯石烂的浪漫爱情故事；还不远万里，飞越南中国海，来到马六甲海峡，追寻早年族亲堂伯寻梦南洋艰辛谋生的足迹。

故乡渐行渐远。但是，幼时蔚蓝的海天，依然深深地根植于我的心田，萦怀久远。每当在他乡异域感到寂寥时，不由地想起故乡海边的情景，倍感温馨。

小溪潺潺

小溪很迷人。它从村后山涧婉转而来，一路汇合涓涓细流，不卑不亢，从从容容，横穿村间流入东海。从山上俯瞰，小溪像一条晶莹闪亮的玉带，嵌在美丽的村庄。清澈的溪水洁如明镜，小溪边的木麻黄、无花果、番石榴树，倒映在流水中，与小溪掩映生辉。溪堤上，牵牛花、蒲公英、紫花地丁等各色野花竞相开放，粉红橙黄、紫蓝洁白相间，清香四溢。

小溪很窄，最宽处不过六米，溪水潺湲，没有海水奔流汩汩的气势。在浩瀚的大海面前，小溪显得娇小恬静。似乎出于安全考虑，大人们更放心让我们小孩到溪边玩耍。

夏日里，我与小伙伴来到小溪，坐在被溪流打磨得锃亮光滑的石头上，把小脚伸到冰凉的溪水里，一会儿一群蝌蚪、小草虾游动过来，围着脚丫转来转去，让我们欣喜不已。我们捉回小草虾养在空瓶子，瓶内放些水草，那些小草虾在水草间忽上忽下钻游，十分可爱。偶尔捉到泥鳅，便将它养起来，作为到海边垂钓石斑鱼的诱饵。

大热天更多的中午时光，我们在小溪上追逐嬉闹，互相泼水，水花飞溅，清凉透彻，爽朗的欢笑声响彻小溪上空。当石厝上渐渐飘起袅袅炊烟，落日依依不舍地收起来洒在小溪上的余晖，小伙伴们如鸟兽散般离去。此时，大人们有来打水的，有来清洗渔具、物什的，小溪霎时热闹起来。彼时，我家的一块小菜园就在溪畔上，其中有着一棵我亲手栽植的无花果，我常提桶溪水浇洒。

最让我们欣喜的是溪边一棵茂盛的番石榴树了。树边有座斑驳的石厝老屋，住着一位耄耋老太太，我们称呼她为兰奶奶。她唯一的儿子长大后外出谋生，就一个人孤守着老屋。

兰奶奶的老屋前还种植着一丛小青竹，许是溪水的滋润，长得十分翠绿。小青竹细长、坚韧，是制作鱼竿的极好材料。我们截取小青竹 3 米长左右，装上鱼线、鱼钩、坠子，钓石斑鱼的钓竿就成了。

每当我们缺少鱼竿时，便与兰奶奶商量砍截些小青竹给我们。起初，她有求必应，后来要竹子的人多了，她担心竹子枯竭就拒绝了。于是，村上的小孩不时会去偷砍小青竹。

如果说，兰奶奶屋前的小青竹是我们小孩做鱼竿的理想材料。那么，那棵茂盛的番石榴树，更是我们虎视眈眈的目标。

伴随着夏日钓鱼讨小海季节的到来，也是番石榴渐渐熟的季节。兰奶奶白天坐在溪边的番石榴树下，手中轻摇着蒲扇，目光不时打量着周边的动静。

处暑过后，小溪上弥漫着番石榴的醇香，树上点缀着圆溜溜的果子，风吹过，左右摇摆，引诱着还是孩童的我们。于是，我们躲在溪边堤坡下，伺机而动。当发现兰奶奶到屋内烧饭时，我们便飞奔到树下，迅速摘下几颗番石榴逃跑。兰奶奶发现屋外有“窸窸窣窣”的异响时，出来看到我们的背影，就大声呵斥。于是，我们快速蹚过小溪逃窜，担心她追来。其实，兰奶奶的小裹脚那“凌波微步”，哪会追得上我们呢。

时光似小溪的流水不断地流逝，小伙伴长大后纷纷离开村庄。若干年后，我们偶然相聚，说起早年乡村物资匮乏，为贫瘠生活增添色彩而发生的“偷竹子、偷番石榴”等糗事，不禁捧腹大笑。

我到榕城生活后，整天忙碌着琐碎事务，回到老家的次数少了。前些年偶回故乡，发现老家已然改变了原来的样貌。村庄的炊烟稀了，小溪更窄了，溪水变得浑浊。我们家的那块溪边菜地，已经变成了停车场。兰奶奶早已过世，她家屋前的那丛竹子与番石榴，被推倒扩成了道路。枯干的枝丫放进了灶膛，渐渐没有人记得了。如果不是在这里生长的人，怎会想到这里曾生长过一丛青竹与一棵番石榴树呢？

近年来，家乡重视自然环境保护工作，不断改善村容村貌，清淤整治那条小溪，溪水日渐清澈。

记得古希腊哲学家赫拉克利特说过：“人不能两次踏进同一条河流。”是的，宇宙万物没有什么是绝对静止，一切都在运动和变化。

岁月不居，光阴荏苒。或许，那条小溪不会回到原来的模样，那些经历不会再出现，但那些美妙的夏天溪边情景，却永远在我的记忆长河里流淌着。

古井

“离别家乡岁月多，近来人事半消磨。惟有门前镜湖水，春风不改旧时波。”

——唐代·贺知章《回乡偶书》

年幼时，阅读贺知章《回乡偶书》的诗句，只能略懂诗中思乡的情怀。当离乡已久，日渐思念家乡，偶尔回乡目睹了家乡的变迁，便渐渐地读懂了诗人感喟岁月沧桑、物是人非的更深含义了。

老家是个依山傍海的美丽村庄。村西翠峦叠嶂，东边连接广袤的长江澳，银滩碧海，风光旖旎。在这村里，我度过了快乐而又青涩的少年时光。

关于家乡，不知道它的年龄，但村里那座古老的祠堂，以及村上几口甘甜的古井告诉我，这是一个历史悠久的村庄。这些古井，圆月形井口，花岗岩铺面，弧圆形围墙。造型简素，没有更多的雕琢，摒弃世相浮华，古朴悠然。站在古井边，触目弥漫的泉水，顿感安然素净。井上幽幽的青苔，默默地见证岁月的更迭，村子的变迁。古井清泉，夏凉冬热。它滋润着我，养育了我，伴随着我的成长。

春天，古井上温泉氤氲，带走了冬天的阴沉寒冷。

村民们从井里打水，通常挑回家里储存在大水缸里供日常饮用，或挑到附近的田地浇洒菜苗。炎炎夏日，村民白天忙于劳作。只有夕阳西下，胭脂花悄然开放时，古井才是最热闹的时段。人们或用井水洗涤海上抓捕回来的海产品，或在井边冲凉擦拭身体，洗去劳动后的疲乏。而顽皮的小伙伴，从海边回来时，往往径直奔向村边那口少有人来的古井，偷偷爬入井里，泡刷去满身咸涩的海水。中秋晚上，石榴飘香，一轮明月挂在古井上空，我与小伙伴乐滋滋地围坐在古井边，期盼看到“月华”带来好运。到了冬天，飘扬的木麻黄枯叶带来丝丝寒意，洒落在古井边。但是，古井里的泉水温热宜人，人们忙着冲洗从田地挖回的地瓜，然后加工晒制地瓜丝或地瓜片。临近春节，古井上热闹非凡，妇女们忙碌着清洗衣物与过年将用的家具物什。由于有远方的家人回来过年，她们显得特别的开心，清脆的谈笑声掺和洗刷声，飘荡在古井的上空。

刚参加工作时，因为交通不便，我很少回乡。在城里看不到古井，有时拧开水龙头，看到汩汩流淌的自来水，不禁地思念起家乡古井的甘泉，心头便涌上一股淡淡的乡愁。每当回到故乡，饮用到古井的泉水时，就觉着身心舒服多了。近年来，家乡的交通便利多了，回老家的次数也增多了。但是，在每次匆忙的行程中，觉得家乡慢慢改变了记忆中的样貌。

2018 年国庆日上午，我与小学同学平川回到国彩村。

特地探望村上那栋阔别多年，建于明末清初的吴氏祠堂。上小学时，平川同学短暂居住过本村，他的母亲曾是村上小学教师，而那时祠堂当作教室与教工宿舍。所以，他对这祠堂印象深刻。

我们跨入已经翻新的祠堂，发现石材水泥柱取代了部分原先刻绘精美图案的木材梁柱，大厅显得宽敞明亮。许多老者在大厅里闲聊，或玩棋牌，昔日琅琅的读书声不再……伫立祠堂前，发现原先祠旁边“哗哗”流淌的小溪，已近枯竭。祠堂对面的那口古井与麦地不见踪影，呈现眼前的是一栋标准的乡镇电影院、庄严肃穆的基督教堂，以及近年来应运而生的民宿。

近年来，随着海岛的开发建设，家乡发生了很大变化。新修建的环白青生态观光东线廊道，穿过村边蔚蓝的长江澳海滩。原先供销社门口那条青石铺就的村道，已经变成了水泥路。附近的打铁铺、理发店、粮店早已无存。早年的小诊所，已经搬到村口，扩建成乡镇中心卫生院……家家户户装上了自来水，人们不用再到古井打水饮用。

诚然，随着城镇化建设的推进，老家的村容村貌还会变得更加漂亮，存留的破旧石厝古建筑等也将越来越少。因此，我徜徉村头巷尾，总忍不住择时驻足回望。那默默守护着村落的清幽古井，依然有着原生态的美，让我们这些从喧嚣城市归来的游子，找回乡愁记忆。

地瓜少年

夜深酣睡，梦境里常走进小时候的故乡。

那个依山面海的美丽村庄，东边连接着银滩碧波、浩瀚无垠的东海。西边是山峦田野地带，山峰叠嶂，夹杂生长着小山松、相思树；山涧溪沟小巧蜿蜒，潺潺流水时而在岩石间穿逡，时而在洼地上流淌；田野上种植着地瓜、花生等杂粮。远远望去，徐徐海风吹拂下，山上的青树与田野的庄稼荡漾着绿波，映衬蔚蓝色的大海。山岚海涛，绵延起伏，美轮美奂。

又是一个暑期的傍晚，夕阳的余晖静静地洒在山林上，投下斑驳的树荫，隐约出没我与小伙伴“耙草”的身影。

“嘟、嘟、嘟！”随着一串急促的口哨声响起，领头的小华向我们发起了冲锋山顶争夺敌方军旗游戏的命令了。

霎时间，小伙伴们放下肩上的箩筐，扔下手中的草耙，疾步向树立“敌旗”（用树枝代替）的山峰上冲。途中尽管我们汗流浃背，草木荆棘划破了手足，还是拼命地往山峰爬去。接近“敌旗”时，有几个护旗手与我们对峙，随着小明发出“冲呀，杀杀！”的呐喊声，我们冲进敌营死死抱住护旗手。小明乘机快速上前拔下“敌旗”，我们终于占领高地赢得了胜利。

太阳下山，晚霞渐渐消失，我们的“战争”游戏结束了，小伙伴们饥肠辘辘。此时，小华便出了个馊主意，由我到较近的自留地上挖几个地瓜，用大家拾耙的枯叶，烤些地瓜来吃。

于是，我们快速地在山地上用石头垒起一个小小的“屋子”，纷纷掏出箩筐的枯叶，迅速点燃烧烤地瓜。当一股股醇香冒出来时，小伙伴们顾不得烫，赶紧掏出地瓜，大吃起来。有性急的连焦黑的地瓜皮都不扒，张嘴就是一口，烫得龇牙咧嘴。

当我们吃得正香时，突然，小华的父亲悄悄地站在我们眼前，我们惊慌失措，小华撒腿就跑。“给我停住，不然我揍你！” 小华的父亲上前一步揪住，严厉地把小华教训了一顿。原来，他看到小华天暗了还没回家，便循着烤地瓜时升起的袅袅炊烟寻找过来。

梦醒，我来不及咀嚼梦中香喷喷的烤地瓜，回顾那些脸盘黝黑、留着短平头、背着箩筐的小伙伴曾经经历的许多糗事。年少时种植地瓜的情景，便清晰地浮现在眼前……

上小学时，村里给我们家分了约有半亩的自留地。那时，正值“文化大革命”时期，校园几近荒芜。于是，我便有更多的时间帮忙家里打理这块自留地。

这块半亩方田，处于山麓沙碱地，适应地瓜种植。

那时，田间地头常常有我忙碌的身影。

芒种时节，梅雨潇潇。田地里水分充沛，这是插种地瓜秧苗的最佳时间。白天太阳较大，苗子落地后容易被烤蔫，影响其扎根，我们便在傍晚插种地瓜青苗。

氤氲的水雾中，这些地瓜苗栽子渐渐地发出新芽，在湿润的土壤里舒展着枝茎，不久就会长出长长的藤蔓来。

进入炎炎夏日，水汽蒸发，田地干燥。为了让土壤里保持充裕的水分促进地瓜生长，我经常从村边的那口古井打水挑到山上，给地瓜苗浇水。有时，从山涧溪沟里引水到地瓜田地里浇灌。灌溉时担心水进太多，只好蹲守在田埂上察看水位，以便随时切断水源。

酷阳烈日下，汗流满面，但是看到涓涓溪水流入田里，憔悴的瓜藤贪婪地吮吸着清泉，滋润着埋在土里的地瓜生长。于是，我便忘却了腰痛和疲倦，心头荡漾着丝丝的快意。

伴随着萧瑟的秋风，迎来了霜降时节，也正是收获地瓜的时候。我们一边忙着到田里挖地瓜，一边把多余的地瓜加工切成地瓜丝、地瓜片。

此时，房前屋后、路边操场上，处处晾晒地瓜丝、地瓜片。阳光照耀下，银光闪闪，村庄里白花花的一片，仿佛成了地瓜的海洋。

季节轮回，年复一年。地瓜在春雨里育苗，在夏阳下茂盛，在秋风中收获，在寒冬里贮藏。默默地奉献，养育着家乡人民，伴随着我们走过那段艰难的岁月。

上中学时，我在距离老家较远的中学寄宿。那时每到星期天下午，同学们备足一周的粮食陆续返校时，手里提的、肩上挑的、挎包装的，几乎都是地瓜，这是那个年代学校门前一道特有的风景线。

当时，有位同学调侃地编了句顺口溜，至今我还记得："早晨地瓜汤，午饷地瓜饭，傍晚砧板一响，又是地瓜遭了殃。"是彼时生活的真实写照。

在早年经济短缺的岁月里，地瓜是我们那个时代的主打粮食。地瓜是我们每天必不可少的食品。

即使在逢年过节，乡亲们还是离不开地瓜。不是嘛？时下家乡人们美称的"八珍糕""天长地久（饺）""时来运转（地瓜汤圆）"等等佳肴。其实，也还是以地瓜作为主要原材料的，只不过人们变着花样整出吉祥名称的美食。

岁月荏苒，流光易逝，眨眼间几十年过去了。

近年来，家乡的变化很大，前些日子我回老家发现村边的那座山麓已经被开辟建成环岛公路的延伸线，我家那块地瓜田已经消失了。如今地瓜早已悄然退出了人们的主食，成为日常调节营养均衡的补充食品。

但是，我回老家时，仍时常带些地瓜回城食用。

我喜爱地瓜，不全是因为它是绿色的、健康的食品。而是它凝聚了家乡的情愫，也是年少时的给养，伴随我走过经济困难的时代，使我更懂得它平凡的外表下，蕴含着朴素无华、埋头奉献的品性。

于我而言，现在食用地瓜，吃的是健康，吃的是回忆，也是情怀！

苦楝树下的外婆

外婆家的屋前，栽着一棵茂盛的苦楝树。

每年苦楝树上挂满了青翠的果实，正是花生收成的季节，也是我最喜欢去外婆家的时候。在外婆家那里，既可帮些农活，嘴馋的我还可以多吃些花生与农家美食。

外婆善良贤淑，她的脚虽然在旧时代被裹成小脚，行动不便，但却把家务打理得井井有条。外公性格敦厚老实，成天到田地里忙着农活。

那时，外婆家东边的自留地上，种有花生与地瓜。

向晚，我跟着外公去拔花生。这里的田地土质松软，花生好拔。瞄准一束苗，一把握在手里，忽地扯起来。黄白色的花生就露出地面，还散发着泥土的芬芳。

夕阳下山，远眺外婆家上空的炊烟袅绕。我们把拔起的花生堆放在板车上，外公在前面拉，我在后面推着回家。微风吹拂，路边木麻黄上树叶摆动，发出“沙沙”的声音，伴随着树上“叽叽喳喳”的蝉鸣声，甚是动听。

晚饭后，我们就开始忙碌扯摘下花生果实。没花多久时间，便摘好花生，留下的茎叶作为牛兔的饲料。

夜幕降临，外婆在门前的苦楝树下摆上小木桌，端上用蒲公英、六角英等草药熬好的凉茶，还有刚煮好香喷喷的花生。我们边品尝边闲聊纳凉。

宁静的夏夜，风清月朗，虫声唧唧。我透过斑驳的苦楝树叶，望着天空的点点繁星，我突然发问外婆：“阿嬷，为什么天上会有那么多星星呀？”外婆笑着说：“善良的人死了以后就会去天堂，变成天使。那闪闪的星光就是天使的眼睛，她们在天堂里守望着亲人，保佑人间。”

夜深了，万籁俱寂。我们躺在苦楝树下的竹椅上憩息。外婆一边轻摇大蒲扇，一边给我讲“田螺姑娘”“剪月华”等民间故事，我迷迷糊糊地进入了美妙的梦乡。

次日清晨，外婆让我挎上一大包花生，身上口袋里还装满熟花生。回家路上，我一边欣赏着长江澳冉冉升起的朝阳彩霞，一边吃着花生赶路，十分惬意。

“此情可待成追忆，只是当时已惘然。”其实，少年不知愁滋味的我，那时哪会懂得外婆的家境并不好。他们少量自留地上收成的花生并不多，只是心疼我们家的兄弟姐妹较多，特地多给了我们的。而剩下的部分，既要加工成日常的食用花生油，还要留些作为来年的花生种子。

外婆是和蔼可亲的，但是，有时也是很严厉的。

早年，在外婆家的自留地附近的田野上，流淌着一条淡水湖。当时称为“湖埔”，湖水清澈，滋润着那片农田与树林，还盛产蚌蚬、河虾等。

有次，我跟外公到那条淡水湖里捕捞土虾，天气炎热。我把外婆叮咛我不要去很深的湖里游泳的事抛到脑外，凭着自己从小在海边泡水的胆量，趁外公不注意时偷偷跳到湖里游泳。

回来后，外婆得知此事，狠狠地教训了我一顿。从此以后，我再也没有随意下湖游泳。

据我母亲说外婆的娘家在邻村，外婆的父亲读过私塾，家境尚好。当年看到外公忠厚勤劳，就同意了这门婚姻。外婆出嫁后，勤俭持家。为了让小孩学习文化，省吃俭用，并从她娘家借了钱让我两个舅舅读书。对于没有能力再让我的母亲及三个姨姨上学，深感负疚。平时，她用心教育子女善良处世，并把两个舅舅的名字中分别带上“善”“良”两字，还教母亲姐妹们学习“盘诗”（盘诗，即为早年流行的，用方言咏唱古诗词与民谣）。

我上中学时，在外婆家附近的学校寄宿，周末回家时，经常顺路去看望外婆。每当走到外婆家的村口，远远就看到外婆在屋前苦楝树下婆娑的身影。原来，周末她早早地煮好我爱吃的饭菜，在树下张望等待我的到来。

那年临近高考，周末很少回家。有次，外婆特地煮好饭菜，让我的表弟送到学校给我。当时，我心里非常感动，不知道该说些什么，眼泪默默地涌了出来。

到省城学习工作后，由于早期交通不便，我只有在节假日回老家时去看望外婆。这时，她都非常高兴，还询问我工作生活情况。遗憾的是，在我工作后的第三年，我出差外省期间，外婆突然病逝。那天晚上，我非常难过，默默地爬在楼顶，不由地对着家乡的方向流泪。我抬起头仰望那黑暗的夜空，寻找着那颗属于我善良外婆的星星。我相信，外婆一定在远方注视着我，注视着这一切。

前些日子，我回趟老家。路过“壳丘头”遗址旁边的外婆家乡时，发现早年那片“湖埔”淡水湖已渐枯干。但是，外婆家屋前的那棵苦楝翠绿依旧。

睹物思人，泪眼模糊。仿佛又看到了苦楝树下那个发髻插花，步履婆娑，慈祥善良的外婆在朝我微笑。

岁月之舟

一

傍晚，站在鼓山上，目光不由得朝着马尾港外的东海眺望。一座海岛远在云海天际间。我想，晚霞下的海岛上不止有炊烟袅袅的渔村，海上还有人摇着小舢板么？

微微闭上眼睛，脑海里浮现出熟悉的影像：那是我魂牵梦萦的故乡，斑驳的石厝错落有致，葱郁的木麻黄相间。一条清澈的小溪自山涧婉转而来，穿过村子流到广袤的长江澳，水声哗哗，似乎在倾诉着这里的前尘往事……

夕阳的余晖静静地洒在海滩上。一对老少伫立岸边，老人凝视着海上停泊的点点船只，语重心长地向小孩讲述着大海与船的故事。那小孩似乎听得入神，不时好奇地插话提问。

暮色四合，收起了投在沙滩上他们拉长的身影，潮水“哗啦哗啦”地上涨。于是，老人便拉着小孩匆匆回走。这可能是我第一次跟着爷爷站在海边，也是我人生的第一次看到了船。

时光如同海水般不停地流逝，许多往事如同沙滩上的足迹被岁月的潮汐渐渐抹去。但是，船却总是清晰地浮现在我的记忆长河上。

童年时，爷爷在我的嘟囔下经常带我到海边看船。后来揣测到爷爷也是乐意的，因为他从小奔波海上，对船情感笃深，似乎大海也愿意接纳他对船只敞怀的倾诉。爷爷希冀受他影响，让我从小喜欢大海与船只，浸染有着像大海一样的襟怀与船只那种朴素刚毅的性格。每次去海边经过村上的街市，爷爷总少不了给我买些爆米花等零食，直至他苍老得走不动了。

在海边，慈祥的爷爷常常凝视着海面上斑驳的木帆船，眼角泛湿，语调深沉地讲述他年轻时驾驶木帆船到台湾岛谋生中，遭遇日本侵略者欺凌的辛酸往事。而当他讲到新中国成立后，县政府为了改变海岛的贫困面貌，积极组织民众种植木麻黄抵抗风沙，发展滩涂养殖和海上运输等造福百姓的举措时，苍老的脸上露出了微微的笑容。爷爷告诉我，上世纪50年代初，海岛进行集体经济改制，他毅然率领我的父亲与伯父无偿带船组建县海运公司船队，鼓励我的父亲与伯父积极工作，为建设海岛多作贡献。早年，他们经常从福州船运粮食与煤炭等物资到平潭。有次，懵懂的我好奇地问：“爷爷，福州离我们的渔村有多远？”他回答：“顺风时，木帆船清晨出发深夜才能到达。”那时，我不懂得距离可以用公里数来丈量，但从开船花费一整天的时间中，感觉平潭是个偏远的孤岛，渐渐懂得了先辈们海上漂泊的艰辛。

二

上学后，我开始与邻居小伙伴在暑假里来到海滩上，放风筝、捡贝壳。有时顽皮地爬上小舢板，“扑通扑通”地跳进浅水里游泳、嬉闹；有时，独自默默地坐在海边的岩石上，凝视着大海的远方，期待着远航归来的父亲船只的出现。每当父亲归航，我高兴极了。他常常给我带回好吃的糖果，或买回童话故事画册与玩具。有时，父亲为了及时收听天气预报带回船上的收音机。那时收音机在乡村是罕见的家电，好奇的我常常偷听收音机播放的各种信息，大开眼界。而买回来的那些玩具虽然是塑料制作的轮船模型，但可以看出那轮船的原型十分壮观。这让生活在经济落后、交通闭塞的海岛小孩羡慕不已，使我有了对岛外精彩世界最初的向往。

海边小孩，总想自己驾船驰骋大海。暑假里如果父亲没有出航，便教我摇着小舢板到近海的礁石上捡海螺、钓鱼。东方刚露出鱼肚白，海面风平浪静，我站在船板上，双手来回拉推着橹桨，当用力不当出现脱桨时，父亲就帮我把橹桨扣上船舷，并耐心地讲解摇橹动作的要领。几经回合训练，小舢板终于缓缓前行，海面上犁出了一道波光闪闪的浪花。旭日初升，绚烂的朝霞朗照海水，海面仿佛铺上一层闪亮的碎银。划船返岸，回望舢板上逆光中的父亲，他的脸上仿佛挂着赞许的笑容，令我温暖。

捡海螺、钓鱼、捡贝壳等，给那个物资匮乏的年代增添了生活的趣味。钓鱼是个练就耐心的好活儿，而捡回的贝壳出售后增加的收入是我们学费的主要来源。后来，我慢慢地体会到父亲让我从小参加劳动，自食其力的用心良苦。若干年后，海滩上贝壳渐少，村民用贝壳烧制成石灰用于粉刷石厝墙面，或者用石灰粉搅拌桐油制成修补船只的材料，成了渔村渐行渐远的往事。

年少的情怀总如诗。有次，我乘坐哥哥驾驶的柴油机渔轮出海，到稍远的大嵩岛屿讨小海。站在船上，置身于一望无际的大海中，阳光照射下，海面泛着金光，海天一色。看到远处疾行的船只渐渐消失在茫茫的海天吻合之处，忽然期望自己也随着那船只远行，越过大海，闯荡外面精彩的世界。

高中毕业后，我终于背上行囊，揣着梦想来到平潭娘宫码头，等待轮渡的汽车排成长龙，人头攒动。风浪呼啸声掺杂小贩的叫卖吆喝声，一片嘈杂。从对岸平潭娘宫码头过来的渡轮刚刚靠岸，人们争先恐后挤上甲板。风浪中，不堪拥挤的渡轮摇摇晃晃徐徐前行，故乡的轮廓渐渐模糊，我的心头便涌上淡淡的乡愁。经过一天的舟车劳顿，终于来到福州求学、工作。

匆匆的岁月，宛如潮水无声无息的流逝。和蔼慈祥的爷爷、父亲先后走了。先辈船上用过的罗盘锈迹斑驳，沾满了岁月的尘埃，封存在祖屋石厝的角落。曾经一起追风踏浪的儿时伙伴，大多外出打拼。转眼间，我离开故乡已久。早年村上的供销社、贝壳石灰厂、修船厂等已不复存在。村边斑斓的木麻黄，陪伴着搁浅于海滩上苍老的船只，依然守护着古朴的渔村，守望着远出打拼的人们……

三

闲云潭影日悠悠，风起潮涌几度秋。改革开放的春风，唤醒沉寂的海岛。平潭逐渐加大交通基础建设，相续建成了两座跨海峡大桥，于是，曾经长年疲于奔波往返主岛、离岛与陆地之间的渡轮渐渐淡出了人们的视野。

近年来，海岛还建成了东西部两条宽敞的环岛公路与中山大道，并逐渐延伸到海岛周边。昔日穷乡僻壤的小渔村，通过建成的南北生态观光廊道串联起来，拉近了城乡间的距离。随着基础设施与投资环境的不断改善，原来外出打拼的岛民，纷纷回乡创业，积极发展石厝民宿、渔家乐菜馆等特色旅业。平潭素有“千礁百岛”之称，众多的岛礁风光旖旎。于是，精明的经营者另辟蹊径，开发经营小岛屿的快艇环游项目，让游客在蔚蓝的天空下、湛蓝的海面上感受驾驭快艇的惬意。

随着海岛交通的便利，我也常回老家探亲或度假。那日傍晚，漫步海边，突然听到一阵“呜、呜……呜……”

的笛鸣声，循声望去，发现平潭往返台湾的“海峡号”客滚轮船，正在海面上高速行驶归航。

此时，我不由得心生感慨，抚今追昔，思绪绵延。自古以来，船只是岛民赖以生存的主要交通与谋生工具，一道汩汩奔流的海峡，倾诉不尽千年的苦难。据福州府志《方舆记要》记载，明初倭寇猖狂，骚扰不断。明太祖朱元璋下令禁海，“禁造两桅海船，寸板不能下海”。1387 年，明洪武二十年，明皇下诏勒令岛民内迁，三日为限。结果，岛民找不到船只，以门板为伐，遇风覆殁，死亡惨重，这是平潭渡海历史上最大的一次灾难。1949 年 9 月 29 日，一艘木帆船从福清海口运载 32 个旅客回平潭，船至平潭竹屿口附近，眼看家乡就在眼前，却遭遇狂风巨浪而沉没，31 人遇难，仅一人生还。求安宁，盼解放，念亲人，望团聚，没想遭受一场风浪之殇！

解放初，我的爷爷与父辈们驾驶简陋的木帆船，风里来雨里去奔波运输物资，他们长年风餐露宿，尝尽艰辛。到了上世纪 70 年代，哥哥与乡亲们开始驾驶柴油机轮船捕鱼，生产能力与安全系数得到了较大的提升。进入本世纪初，柴油机轮船渐渐升级到钢质轮船，快艇取代了许多小舢板，卫星导航淘汰了古老的罗盘。新开通的福平高速路，缩短了福州至平潭的时空距离，形成了平潭与福州之间的半小时“经济生活圈”。于是，那些不堪重负的往返于两地间的苍老货轮，逐渐被营运成本较低的汽车运输所取代。而这往返闽台两岸的“海峡号”

客滚轮，是目前国内装备系统最先进、最安全、航速最快的客轮。随着海上船只的不断演迁，岛民的幸福感逐渐增强。

“风日晴和人意好，夕阳箫鼓几船归！”犹如宋代诗人徐元杰所叹咏，每每回到老家海边，目睹海岛船只的变化，感到由衷的欣慰。昔日谈“风”色变，交通闭塞是海岛人心头上挥之不去的痛。沧海桑田，斗转星移。进入新社会，经过一代又一代人的努力打拼，海岛人挣扎在苦海边沿的感伤岁月，渐渐远去。如今，平潭岛如同疾行于台湾海峡西岸上的一艘巨轮，扬帆奋进。

四月，涛声依旧

已经很久没去海边了。清明临近，时常有渺渺的涛声在我耳边萦绕，蓝蓝的海湾在脑海里浮现……

海面上清波潋滟，父亲摇着小舢板向岸边徐徐前行，年幼的我在海滩上兴奋地向父亲频频招手。父亲抬起了头向我微笑，眼睛里有霞光、波光和我欢呼雀跃的影子。

四月芳菲，万物复苏，山水渐渐丰盈，正是耕种的好时节。

“布谷，布谷”布谷鸟急促地鸣叫，催着人们耕田布谷（播谷）。渔村山多田少，土地贫瘠，这个季节村民忙着播种花生等杂粮。我跟着母亲，在村边的山岭田间种植花生。撒播花生种子前先翻松土壤，锄头碰到地里的沙砾，发出“咔擦——咔擦——”脆响。我们把田里的牛筋草、鬼针草等锄干净。然后，母亲开始弯着腰撒种花生，我们小孩负责挑水浇洒。

山涧小溪的潺潺流水，从高处冲落崖岩，水珠溅在树木和花草上，化作了岚雾。淡淡的花草清香糅合泥土的芳香，在山野，在风里，氤氲弥漫。

歇息时，母亲便站在田头高处远眺海面的船只，自言自语：这风平浪静的天气，船也该回来了。我知道，母亲又惦念起远航的父亲。

父亲是个地道的大海之子，他从小就跟着爷爷驾驶简陋的木帆船，风里来雨里去，漂泊于茫茫大海谋生。新中国成立后后，他与伯父成为县海运公司船员，常年奔波，从福州等城市运回粮食煤炭等生活物资到海岛。

每当父亲归航，常给我们小孩们带回果糖、童话故事画册与玩具等。还带回城市里的见闻，让我们大开眼界，向往岛外的世界……

这是四月，海水茵茵。海里的石斑鱼肥膘了，岸礁上的螺贝也长多了。

早年父亲如果没有出航，他喜欢带着我摇着小舢板到海边附近的小岛屿岸礁钓鱼、捡海螺。父亲教我用细长的毛竹做成鱼竿，装上尼龙线，绑好鱼钩，然后串上泥鳅小虾等诱饵。

礁石边，我学着他的样子，举起鱼竿把线钩下垂到湛蓝色的海里，双手紧紧握着鱼竿，等鱼上钩。一分钟、两分钟、十多分钟过去了，仍不见鱼儿动静。我不耐烦了，收起鱼竿仰坐礁石上，眼睛追随着海面上几只低空飞翔觅食的海鸥。它们一旦发现小鱼小虾，便扑棱棱地下冲水面叼走，然后飞到礁石上，慢悠悠地享食。

父亲钓起几条石斑鱼后，走到我身边劝道：别急，耐心学钓鱼吧！你看，海鸥刚出生时也不是就会捕食的，需要一个学习过程。于是，我又撒下鱼钩。父亲不时地提醒我收起鱼钩查看诱饵是否被湍流冲走。不久，鱼竿弯了，感觉鱼钩上有东西往下拽，我猛地提起鱼竿，果真钓了一只肥大的红斑鱼。父亲朝我点头，黝黑的脸上绽开了笑容。

捡海螺、钓鱼、捡贝壳等给那个物资匮乏的年代增添了生活的趣味。钓鱼是个练就耐心的好活儿，而捡回的贝壳出售后的收入是我们学费的主要来源。后来，我慢慢地体会到父亲让我从小参加劳动，自食其力的良苦用心。

岁月渐远，若干年后海滩上贝壳渐少，村民用贝壳烧制成石灰成了渔村往事。我久居城里，但对贝壳、海螺，钓鱼等依然爱恋如初。

这是四月，烟雨蒙蒙。母亲把父亲买回的精米、播种剩余的花生磨碎成细粉，加上白糖、猪油炒成米糊粉，然后装在大铝盒里。让父亲带上货船，方便他途中冲上热开水食用。父亲出门时，总会叮嘱母亲：下次要多加工些糊粉，让正长身体中的孩子们补充营养。

渐渐地，加工香喷喷的米糊粉成了母亲的拿手绝活。

2018年春节前夕，我回趟老家。临走时，母亲又提着一罐米糊粉塞给我。我忙说：现在日子好过，城里食品很多，就不要再做米糊粉好吧！

母亲神情黯然地站在石厝的门槛旁，手捋着被晚风吹乱的苍白头发，低声絮叨：知道知道，这次带走吧，下次不做了！

其实，我知道母亲不会停止加工米糊粉的。有次我发现妹妹大口地吃着香喷喷的米糊，旁边的母亲眼眶湿红。我想，母亲执意坚持加工米糊粉，让我们再次沉浸在殷殷母爱的同时，何尝不是因为她想念已经离世的父亲，再也品尝不到米糊的滋味了呢？

1979年四月，乌云密布。我清晰地记着临近高考，父亲出航前特地提着地瓜、米糊粉来到我寄宿的学校看我。可是，天有不测风云，人有旦夕祸福。令我锥心刺骨痛楚的是，那次父亲出航途中突然病逝。这次匆匆一别，我与父亲竟然阴阳相隔，天各一方……

涛声回荡在岁月的长河里，也弥漫着对亲人的思念。又到一年清明时节，渔村的山野上布谷啼鸣，黄花怒放；海湾上的涛声依旧，越冬的海鸥纷纷回来。可是，那远去的亲人，何时归来？

故乡秋月明

时光，掠过明媚飘逸的初秋，匆匆迈入澄澈清凉的仲秋。

夜晚，漫步水声潺潺的江滨栈道，堤坝上榕树飘垂的须根随风摇曳，四季桂花暗香浮动。抬头仰视闽江上空的半弦月亮，浮云缭绕，朦胧而美幻，撩拨我的思绪。

都说月是故乡明。年少离乡，早年平潭岛未建跨海大桥，交通不便，我极少回老家与母亲一起过中秋，甚感愧疚。不久前，回了趟老家，年迈的母亲唠叨劝我今年中秋回老家过节。近年来，随着平潭海峡公铁大桥开通，我也不时回平潭老家。但是，出于防范新冠疫情需要，而且现在交通特别便利，多是当天傍晚即返回福州。中秋节回家看望母亲，却也未能仰视家乡的中秋明月了。

早年物质匮乏，但是，我们小孩子仍然期盼着过中秋节。那时过节的菜肴简朴，母亲忙碌着用地瓜为主材料加工出“时来运转”“天长地久”等菜肴。家人团圆，其乐融融。

晚餐后，一轮皎洁的明月爬上石厝边的番石榴树梢上，我的姐妹们拽着母亲的衣角，拉着她坐在门口的小桌边，或拉家常，讲述“剪月华”等民间神话故事。有时，我也躺在小桌边的竹椅上，入迷地听着母亲讲述的故事。迷迷糊糊中，仿佛母亲蒲扇轻轻地摇晃着，摇曳了那轮明月，渐渐溶入浩瀚斑斓的星河，带我走进那个甜蜜的梦乡。

时节如流，岁月不居。那轮明月在光阴的长河上穿梭轮回，转眼间，我们兄弟姐妹的青丝渐渐染上了岁月的霜白，母亲已经成了步履蹒跚的耄耋老人。

临近中秋，老家石厝旁边的小溪护堤上山菊花绽放，四周弥漫着淡雅清香。这时候的夜晚，母亲又会坐在门口，仰望着日渐丰盈的朗月，絮叨散落他乡的子女们……

往昔老家中秋夜点放孔明灯的情景，也一直深深铭刻在我的脑海中。

孔明灯，又叫祈福灯。传说唐末五代时期，一个叫莘七娘的女子随丈夫在福建打仗时发明的，当时是用作军事的联络信号。由于灯笼的外形似诸葛亮戴的帽子，所以取名为孔明灯。后来沿海的乡民在中秋节点放孔明灯，多为祈福许愿之用。

中秋夜，清风朗朗，潮声哗哗，一轮明月挂在广袤的大海上空，我与小伙伴们奔跑到村边长江澳海滩上，观赏大人放飞孔明灯。

细沙洁白的海滩上，只见人头攒动。当孔明灯点燃后腾空而起，徐徐上升，像一颗颗小星星挂在宽阔无涯的江海上空，此时，星星点灯，群星傍月，波光粼粼，交相辉映。我们伫立在沙滩上，凝望着飘摇的红色孔明灯，渐渐融入浩瀚的夜空。默默地许着美好的愿望， 祈福风调雨顺，生活蒸蒸日上。

故乡的中秋夜，是如此的美妙、恬静、悠远。自己犹如置身于一幅 “江上升明月，江花点美景，潮水随波千万里，夜色沁人心” 的优美画卷之中，心灵变得清澈通透，令人忘却烦恼，心旷神怡。

秋月秋水，潮起潮落。中秋节年年如期而至，许多往事随着匆匆走过的流年渐行渐远，变得模糊。然而，故乡那融融的月色，那婆娑的灯影，点缀在我的脑海里，静静地闪烁，时不时地勾起久远的温馨。

遗憾的是家乡中秋节点放孔明灯的习俗，慢慢消失在岁月的长河里。前些年夏天，我回趟平潭，偶然夜晚在龙凤头海滩上看见游客放飞孔明灯，喟叹不已。

沧海桑田，变幻无常。亦如眼前闽江水，由源头上的涓涓溪涧，细水长流，集成闽江，流出马江，最终汇入东海。溪流的结束，是江河的开头；而江河的结束，也是大海的开头。溪水与江河，昼夜间转化为大海。上善若水，在乎自然。

人生聚散无常，生活充满变数。亦如天上的月亮，时而圆润、时而残缺。凡事不可能十全十美，要紧的是心中的那轮明月常驻，几分宁静，几分从容即好。

嫁女

女儿与女婿从相识，相知，到相爱。于 2019 年 1 月 13 日，在亲友的祝福声中步入婚姻的殿堂。

女儿出嫁，作为父母，我们百感交集。

欣慰的是，女儿女婿经过七年的恋爱慢跑，终成眷属，这是做父母所盼望的结局；伤感的是，女儿是父母贴心的小棉袄，父母含辛茹苦拉扯女儿成长，最终却要出嫁。

出嫁的那天，平时性格柔中带刚、不轻易掉泪的女儿，当辞别娘家的前一刻，落下了难舍的眼泪。此时此景，我心头发酸，话语哽噎。这一刻，真正体会和诠释了什么是亲情！

婚礼上，按原计划安排了新郎的父亲作为新人的家长代表致辞。在主持人的临时邀请下，我也说了几句简要的祝词。

我首先感谢参加女儿婚礼的亲友们，同时，希望女儿女婿成家后，更有担当与社会责任，勤勉工作，积极向上；要相敬相爱，和睦相处；要孝敬父母，尊敬长辈，共同创造美好生活。

女儿是父母一生的最爱，我们生怕那一场婚礼细节考虑得不周，精心组织，忙忙碌碌了好几天。女儿网购了许多鲜花与装饰品，在亲友的帮助下，把房间布置得喜气洋洋。

女儿从蹒跚学步、咿呀学语，到上学、走向社会，是父母一路辛苦陪伴过来。女儿在父母心目中，是永远长不大的孩子。然而，父母牵手女儿走过人生一段路程后，最终是女儿女婿相互携手走进新的人生里程。成家后，他们开始了新的生活，也赋予了更多的社会责任。这个社会责任，既包括双方不忘初心，无悔自己的选择，坦诚相处，携手建立美好的婚姻关系。还包括两人齐心协力，细心周旋家庭的衣食住行，处理社会关系以及工作进退。做到家庭和睦，事业有成。

俗语说，好的伴侣，能改变人生。真爱不是互相消耗，而是互相促进。夫妻是相互陪伴大半辈子的人，需要用心经营，不断学习掌握和睦生活的能力。

七年的恋爱过程，常有花前月后、美酒佳肴的浪漫。但是，成家后面临更多的是柴米油盐酱醋茶，这些真实存在的生活琐事，难免会有磕磕碰碰的摩擦，需要两人彼此更多的包容与体谅。在平淡无奇的家庭事务中，寻找趣味，让生活多姿多彩。人生能有多少个七年？希望女儿女婿珍惜缘分，执子之手，相濡以沫，风雨同舟，互助共进。新的生活，需要提升自身素质与格局。人生路上，只有积极完善自己，才能成为更好的自己。

古语道：读万卷书，行万里路。希望女儿女婿在力所能及的情况下，继续安排抽空出行旅游，增长见识。腹有诗书气自华，读书可以明智，可以提升修养。希望他们平时多读书，充实生活。

对于女儿，我还要叮咛一句：一定要孝敬公婆，孝敬长辈，谦逊待人。相信善良、智慧的女儿，有能力料理好家庭，处理好关系，带来家庭的和谐与兴旺。

一场热闹的婚礼过后，顿觉得家里空旷了许多，记忆中女儿清脆爽朗的笑语声依稀萦绕耳畔。我明白女大当嫁，男大当婚的道理，也知道以后女儿也会常回家看看，但嫁女后那份欣慰中的落寞感油然而生。正如一位作家所说：所谓父女母子一场，只不过意味着，你和孩子的缘分，就是今生今世不断地在目送孩子的背影渐行渐远。

前路漫漫，期望女儿女婿的未来顺心如意，美满幸福！

回家看看

母亲节前夕，女儿买了个带有测量血压、心率等功能的手环给她妈妈。

老伴收到礼物后，感到惊喜。

女儿是 90 后的，相对于我们出生在社会动荡、经济落后年代的人来说，女儿属于幸运时代的一族。她在家长的溺爱中长大，没有经历过什么波折顺利走上社会。因此也让我们家长担忧，但愿她经过生活与工作的磨炼，渐渐成熟起来。

一

《诗经》中的《蓼莪》有曰："父兮生我，母兮鞠我，抚我畜我，长我育我，顾我复我，出入腹我。欲报之德，昊天罔极。"

意思为：爹爹呀你生下我，妈妈呀你喂养我，呵护备至，抚养我长大。我想好好报答，但父母的恩情如天一般大而无穷。

乌鸦尚且反哺，绵羊尚且跪乳。中华民族孝老敬亲传统美德的传承，绵延不绝。子女该怎么报答父母的恩情呢？

其实，这世间，唯有一种爱，是不以回报为前提，不因距离和岁月消弭。这，便是父母对子女之爱。而反过来说，子女对父母的孝敬，应是平时多关爱父母，多回家看看，多陪伴父母。在父母眼里，这也许是子女给大人最好的礼物了！

世界上最博大的天空是父母的心胸，父母对子女的关爱是世上任何一种文字都难以形容的。父母住在哪，哪里就是子女永远的心灵港湾。即使子女浪迹天涯，那个温馨的港湾永远慰藉着子女疲惫的心灵。

二

时光悠悠，如烟的往事匆匆湮没于记忆的长河里。但是，父母大人的养育之恩却让我难以忘怀。

小时候，我的父亲为了家庭生计，常年奔波海上，母亲勤俭持家，打理农活。那时家乡海岛经济落后，物资匮乏，我们兄弟姐妹的衣服多为母亲亲手裁缝。她白天忙于农活，晚上在昏暗的煤油灯下为我们缝缝补补，导致视力严重下降。我读高中时，父亲英年早逝，母亲以孱弱的身躯挑起家庭重负，含辛茹苦拉扯我们兄弟姐妹长大。

后来我到福州工作，开头几年，每到过年，就有一种强烈的回家意识冲动，迫切希望回家看到母亲。那时海岛还没建好跨海大桥，经过一天路途的舟车劳顿，我一踏进家乡的石厝老屋，看到母亲为全家过年团聚，既忙碌又高兴的情景，感到十分的欣慰，忘却了旅途的倦意。

社会普及手机通信后，为了方便联系，我特地买了一部按键与屏幕较大的诺基亚老人手机给母亲使用。考虑到母亲识字不多，就把我们兄弟姐妹的名字都输到手机通讯录中。母亲花了好长时间，好不容易才认得通讯录上的子女名字。由于年迈健忘，时不时认不清其中的名字，于是逢人便请教，重新辨认手机上忘记的名字。

说起来深感愧疚，我平时很少主动给母亲打电话的。有时，偶尔接到母亲打过来的电话，电话声中经常听到母亲说“哦，我打错了！没事的，您继续忙事好吧。”随即嘘寒问暖地唠叨几句，就挂断电话。母亲视力不好，摁错手机号码是正常的。许是我少回老家看望母亲，或是少打电话让她牵挂，母亲便借故打来电话的。

时光荏苒，到我自己成为人父，就深深感悟到母亲老人家牵挂子女的心境。那年我的女儿出嫁后，适逢流行新冠疫情等影响。女儿有近 5 个月时间没有回到娘家。作为家长的我们，如果几天未与女儿通话联系，而且也没有看到她的微信等信息，心里便忐忑不安，就主动与女儿联系。

三

岁月带走了母亲的青春和容颜，同时也在我心中刻下了母亲一路过来的艰辛。为了我们，母亲付出了太多的艰辛，我却从未听母亲抱怨过。年迈了，母亲最盼望的是子女多回家看看她，她唯有的心事就是惦念子女是否安好。子女安好，母亲的心就踏实了。我们往往在离别时的回首片刻，蓦然发现从未离开过母亲的视线，从未离开过母亲的牵挂。沉静下来，扪心自问，对母亲关爱不够真是心酸。

近年来，随着平潭跨海大桥的开通，回老家方便多了，我便经常利用节假日回家看望母亲。有时也把母亲接到福州住在兄弟姐妹家里，但是过了一段时间，母亲总是以乡下热闹、生活方便等理由，急着要回老家。

“谁言寸草心，报得三春晖”。年少时，对母亲只是一种依赖；青年时，对母亲是一种浅淡的牵挂；而当生命的潮汐已经把我们推成后浪，中年过后，便对母爱有了深刻的领悟。母亲是赐予我们生命的人，没有母亲的辛劳一生就没有我们的茁壮成长，母亲的恩德是无法言诉的。母亲每天忙忙碌碌，用她的一生在重复地做着这些最简单、最枯燥、最无趣的生活琐事。在平凡的岁月中，渐渐地老去……

四

“找点时间，找点空闲，领着孩子常回家看看……”几年前，《常回家看看》这首脍炙人口的歌曲广为传咏，也唱起了人们对父母无限的关爱和思念。无论何时，身处何方， 记得多回家看看父母，因为我们陪伴爸妈的日子会越来越少了。

2020 年 12 月底，母亲突然中风，家兄急忙送她入院治疗。当天晚上，我与在榕的兄弟姐妹匆忙赶回老家医院探望。母亲静卧病床，脸色苍白，神志模糊，床边象征生命晴雨表的监护仪红蓝曲线闪烁，室内苍白的灯光洒在母亲慈祥的脸上。看着母亲满额深深的皱纹，和斑白的头发，我深感愧疚，喟叹岁月无情，病魔让母亲更加苍老。经过十来天医生的精心治疗与亲友关照，母亲病情好转出院回家疗养。此后，母亲的行动与言语明显不如先前轻快流利。尤其不幸的是一年后的春节前夕，母亲再次发生血栓中风，病情更加严重。经过一段时间治疗后，虽然保住了生命，但是出院后康复效果不佳，语言和听力神经障碍日渐严重，令我心碎。

母亲节来临之际，九十一岁的母亲正在老家养病，此时的她根本不知道城市有这个特别的纪念日。但是，我还是要深切地祝福母亲大人节日快乐，早日康复！并祝愿天下人们的母亲，健康幸福！

过年

谈起过年，总是让我想起王安石的《元日》：“爆竹声中一岁除，春风送暖入屠苏。千门万户曈曈日，总把新桃换旧符。”

在懵懂的年幼时代，我阅读此诗句，只能领略诗中反映爆竹声声除旧岁，渔村户户迎新春的热闹场面。由于童年时物质贫乏，我们渴望春节。在春节里有好吃好玩的，还有新衣服。所以，这首诗却从此深深留在心中。而对过年阖家团圆，充满对美好生活祝福的情感寄托，却不能很好体会。

当离乡已久，日渐期盼回老家过年，与亲人团聚，重温幼时的欢乐，便渐渐地读懂了诗中的更深含义了。渔村那些过年的场景中，许多事情不仅是记着的，还是深刻的……

这是一个依山面海、春暖花开的渔村。

“大寒”过后，老家石厝旁的朱槿花散发着淡淡的清香，春节款款走来。过年的气息一天天浓郁起来，家家户户忙碌着过年。

那条从村边山涧中婉转而来，流淌着清澈泉水的小溪边上，妇女们麻利地清洗着衣服和过年将用的物什。

因有家人的过年归来，她们心情愉快，清脆悦耳的谈笑声，掺和着“哗哗” 的溪水声，飘荡在小溪的上空。

此时，渔船纷纷归航。部分远到东海舟山附近渔场“转移”捕鱼的船只，也终于归来过年。男人们平时在外，很少打理农活。还好渔村耕地不多，趁节前空隙，一边帮忙妇女播种冬麦，一边修补船只渔网，等待年后出海。渔民常年漂泊海上，风里来雨里去。当天气恶劣时，全家人忧心忡忡。只有他们的平安回家，全家人才松下口气，开心地过春节。

村上老四合院的门口，几位老书生正在挥毫泼墨，为左邻右舍乡亲抒写着充满美好祝愿的春联。

那些从寒假开始，就扳着手指热切盼望春节到来的小孩子们，则活蹦乱跳，玩着弹珠珠、跳绳等游戏。

村子里的古井上，年前也特别热闹。小姐妹们络绎不绝地前来打水回家，或用于清洗桌椅灶台、碗橱炊具，或用于把门窗木板洗擦得锃光发亮，等待张贴春联。

“小年”附近的“大水”潮汐，让村边湛蓝的大海，涨潮涨得特别高，退潮退得特别低。平常看不见海岸礁石底部的海蛎、螺蛤，都裸露出来。小伙子们抓住这个好时机，纷纷提着小竹篮，或挎上背篓前往那里讨小海。拾捡回来的螺蛤虾蟹，给那时年货匮乏的乡亲，增添了年味。

在乡亲们的一阵忙碌中，在一片鞭炮爆竹声中，终于迎来了“大年三十”。

“一年做到暗，偌妄三十暝晡顿。”故乡的这句俚语，足见过年在人们心中的分量与期盼。早年，村上经济落后，生活艰苦。乡亲们一日三餐多为粗粮，有时还吃不饱饭。衣服多是土布，有的家庭小孩较多，衣服只好哥哥穿完弟弟穿、姐妹轮流穿。只有过年时才能吃上丰盛的年饭，穿上崭新的衣服。

除夕夜，村上洋溢着吉祥欢乐的气氛。

炊烟从村舍间袅袅升起，家家户户厨房里不断飘来热气腾腾的油炸香味。“人间有味是清欢。”那个年代的年夜饭，远不如现时的丰盛。但是，乡亲们用地瓜为主材料加工出来的“一团和气”“时来运转”“天长地久”等菜肴，鲜美淡雅，意味深远。年夜饭上，全家人边吃边聊，谈笑风生，其乐融融。

夜幕下爆竹声此起彼伏，小孩子们领到压岁钱后，兴奋地跑到石厝边上的木麻黄树下继续嬉闹着，笑声一片，“叽叽喳喳”像一群不知疲倦的燕子，传递着春天来临的信息。

随着一串串闪闪发光烟花的升空，瞬间空中像一个五彩缤纷的世界，照亮了小孩子们天真快乐的容颜。

云卷云舒，潮起潮落。时光似村间那潺潺流入东海的溪流，匆匆而过。长大后的这些追风少年，为了生计，一个个背上行囊，纷纷外出打拼。

岁月流逝，故乡渐行渐远。幼时过年的温馨情景，都已然成了遥不可及的回忆。但是，幼时浓郁的年味却如陈年的酿酒，随着时间的推移，在游子心灵深处愈发芳香，慰藉着思乡愁绪。

忆母校

人生路上，总有不同的学校伴随成长。但是，我的内心深处总是惦记着一所学校，她承载着我青春难忘的记忆，这所学校是我的中学母校——平潭二中。

不久前，我回趟平潭老家，特地走访了阔别多年的二中。

二中位于平原镇虎美山东侧，校东门连接热闹的官井古街。记得当年在读时校园拥挤，为了减少喧扰，每天清晨东方刚泛起鱼肚白，同学们就来到学校后边长满青翠相思树的山坡上，一边呼吸着清新的空气，一边静心地早读。前些年，二中扩建时新开了西南校门，邻接美丽的桃花寨村庄。

那日，我站在校园新门口，映入我眼帘的，左边是高耸、明亮的教学楼；右边是宽阔、多功能的田径场；正对面的是一座墙面上题有“励志、笃行、知道、至善”校训的综合楼；综合楼的右侧是依山而建，干净整洁的师生食堂。

田径场旁边有座假山水池景观，水池四周花卉簇拥，葱葱郁郁。假山上的岩石上刻有“厚德”显目的红字，在和煦的阳光照耀下闪闪发亮。清澈的喷泉，哗哗流淌。

看到这优美的环境，我不禁赞叹，昔日名不见经传的母校如今变化真大呀！听着教室里传来的琅琅读书声，我的思绪回到了从前……

平潭二中，创立于1956年。刚创办时，只有初中部。“文革”期间，曾经一度停办。1972年后，二中开办了高中部。1980年以前，生源为平潭北部七个乡镇的初中毕业生。为解决学生人数迅速增加带来的学习、生活场所问题，兼顾当时学校要与生产劳动相结合的形势要求。上世纪70年代初，县有关部门在原来的芦洋农场划出土地20亩，建立了二中的芦洋分校。

当时的芦洋校区，条件实在简陋，只是利用原来的芦洋国营农场房屋，改建成简易的办学场所。低矮的瓦房围成一圈，分别作为教室、食堂和宿舍。中间的浸溢着两口古井的晒谷场地，作为学生的操场。

在1977年恢复高考的那年，平潭一中还未实行择优录取。我于当年的秋天，就近入二中学习。

夏天，校舍里空气湿热，蚊虫肆虐；冬天，寒风呼啸，沙尘飞扬。好在校园四周有着葳蕤的木麻黄环绕，隔离了村庄的喧闹。即使在当时校区没有自来水，晚上教室点着煤油汽灯学习的情况下，大家也能安心学习。

上高二时，我们回到平原官井镇上的二中老校区上课。那时住宿紧张，学校借用民国时期的县长林荫旧宅大院，作为我们学生的宿舍，而“林氏祠堂”则作为教工宿舍。

记得那时，大家的主粮是海岛种植的地瓜。每到星期天下午，同学们陆续返校时，手里提的、肩上挑的、挎包装的，几乎都是地瓜，这成了那个年代二中门口一道特有的风景线。有位同学调侃地编了句顺口溜:“早晨地瓜汤，中午地瓜饭，晚上砧板一响，又是地瓜遭了殃。”

高一暑假，我与几个同学在二中的芦洋校区护校。为了节省学校费用开支，我们早上与傍晚到学校周边耙拾到木麻黄的枯叶，用来作为学校食堂烧饭的燃料。

这些往事，是当时学校生活的真实写照，至今记忆犹新。

那年头，虽然学习与生活条件较差，但是同学们还是其乐融融，专心学习。毕竟恢复了高考，给我们带来莫大的希望，仿佛在茫茫夜幕中看到黎明的曙光。如果考上了大中专学校，就意味着将来捧上“铁饭碗”。这对我们来说，是难得的出路机会。

那个年代，老师们也克服种种困难倾心教学。担任高一年英语课的吴翊西老师，皮肤白皙，总是笑眯眯的，娓娓动听的讲课语调，历历在目。那年，吴老师承担我们年段四个班级的英语课程，任务繁重。但他任劳任怨，辛勤教学，及时帮助我们把初中耽误缺漏的英语课程很快补上，还纠正了我们“地瓜腔”的英语口音。吴老师后来成为二中的校长，退休前担任了县教师进修校的校长，他的学生可谓桃李遍天下。吴老师是师长，也似长辈，经常对学生嘘寒问暖。直到我们毕业离开学校，走上工作岗位，他还与我们保持联系，关心大家的工作生活情况。

教我们高一年级数学的徐智辉老师，与性格开朗的吴老师截然不同。他严肃寡言，个子不高，白皙的胖脸上，架着一副金边眼镜。上课时声音低沉，讲课认真，若有学生开小差，火眼金睛的他，都能准确揪到。徐老师是厦大数学系毕业的高材生，据说是数学家陈景润的同级校友，早年从福州来到平潭支援海岛教育事业。他善于将复杂抽象的数学问题，用简易形象的推论方式进行归纳，让我们较快地掌握学习数学的要领。

高中毕业后，我好几年没有见到徐老师。直到上世纪 90 年代初，我从福州回老家度假，在娘宫码头下轮渡时邂逅徐老师。他询问了我在福州工作的情况，临上渡轮时还高兴地告诉说他快退休回福州了，可以不要再受到回家探亲时，因为隔海交通不便，带来旅途奔波的折磨。

高二年段的吴国寿老师，也是令我难忘的恩师。吴老师教我们数学课，善于以通俗易懂的平潭方言讲些有趣的数学题目，激发学生学习兴趣。诸如"《三角》《几何》，共计九角，《三角》三角，《几何》几何？""桃三李四橄榄七，一个桃子三分钱，一个李子四分钱，橄榄一分钱七个。若有一元钱，恰好共买一百个，请问每种果子分别买几个？"等题目，富有趣味，至今难忘。

吴老师品德高尚，经常利用节假日的时间，义务给同学辅导数学。后来他担任校领导，直到退休为止，仍然坚持上课，他对教师职业的认真热忱的作风，令人敬佩。

平易近人的林默彪老师，曾短暂教过我们班级的政治课，后来调任福建省委党校哲学部教授。林老师讲课时思路清晰，善于归纳原理，能把枯燥乏味的课程讲成生动、有趣，吸引学生听得津津有味，令人印象深刻。

二中还有许多手执教鞭，满怀爱心的优秀老师，他们挚爱校园热土，辛勤耕耘……

“叮铃铃……叮铃铃……”急促的放学铃声响起，打断了我的思绪。

我悄悄地隔着窗户，看见一个课外兴趣小组活动室里，几个学生与老师正在进行机器人兴趣课题讨论。其中一个面容清瘦的学生，恍然间如同高中时的我。

不过，我很快地意识到：那时教学方式与学习内容单一，怎有现在的“小班化”特色教学、时尚的机器人课题组、汉服社等课外兴趣小组活动？而那个陌生年轻的辅导教师，哪里是我曾经熟悉的老师呢？暗自感叹：时下的学生真是幸福！

孔子曰：“默而识之，学而不厌，诲人不倦，何有于我哉？”

时光匆匆，流年似水。转眼间，我们离开二中已经三十多年了，同学们走上不同的岗位，而那些老师退休后也散落各地。如今，唯有母校琅琅的读书声、清脆的钟铃声依旧萦绕着虎美山麓。

母校、老师，是峥嵘岁月的最好诠释！

红影追忆

岁月匆匆，红影相随。年幼时的很多往事渐渐淡忘，但是，晚上露天观看红色电影的情景，像一坛陈年老酒，沉淀在我的记忆深处，甘醇悠长，回味无穷。

一

上世纪70年代前后，海岛经济落后，渔村文化娱乐生活十分单调，晚上能看一场电影，对于我们小孩子就像逢年过节一样热闹、惬意、兴奋。

那时村上没有电影院，村上的学校操场便成了露天播放电影场地。

当夕阳快要抹去海面上空的最后一片彩霞，操场上开始喧闹起来。小伙伴们端着椅子、扛着凳子，从石厝里涌来，有的甚至卷着草席来到操场前边抢占地盘。

夜幕降临，放映人员忙着调试音响，校正投屏。此时，村干部往往在放映前布置村里的重要事项，尽管讲得慷慨激昂，却压不住场上杂乱的吵闹声。放映开始，操场顿时鸦雀无声。

那个年代，晚上往往同时在两个邻近的村子间“跑片”放映。有时，当“跑片”衔接不上，换片空挡，操场上掺杂着嬉笑吵闹声、呼儿唤母声、卖瓜子吆喝声、搬挪凳椅声，一片嘈杂。直到“跑片”送到，开始放映，才恢复了安静。

二

许多战争题材，深深感染和熏陶我们那一代人。年幼时，没有“追星族”“粉丝”一说，但是，我们小孩子十分敬仰电影中的英雄人物。

年少的幻想编织着未来的理想。当我们看了《闪闪的红星》中的潘冬子，《英雄儿女》里的王成，《智取威虎山》里的杨子荣等闪光的银幕形象，他们都成了同伙们当年心目中的偶像。看了电影《铁道游击队》，便憧憬自己长大后成为火车司机，奔驰在大江南北辽阔的土地上，为祖国的建设添砖加瓦。看了电影《甲午风云》，便幻想自己有一天也会成为海军舰长，驰骋万里海疆，捍卫国家的领土……

当年看得最过瘾的，是八一电影制片厂拍摄的战斗故事片，如《地道战》《地雷战》《地下游击队》《大决战》《南海风云》等等。当银幕上的片头八一军徽的红五星闪闪发光，我们总是兴奋得欢呼雀跃。

邻近的青峰村，地处平潭岛北部，是靠近台湾的海防前线重镇，曾经驻扎部队，常在村上放映电影。平时看到四个轮胎的军车经过咱们村子，我们小伙伴们就飞快地跑到路边高处，伸长脖子张望车上是否有电影放映机，因为，一般装载军需辎重的都是用六个轮胎以上的车辆。

每次驻军放映电影，我们都风雨无阻地赶去观看。有次放映《大决战》，观众爆满，只好站在银幕背后观看。所见到的影像是左右相反的，解放军战士就成了左手扔手榴弹的“左撇子”英雄，小伙伴们仍是看得津津有味，直到剧终人散。

那个年代的红色电影，深刻影响着我们。记得观看了由小说《海岛女民兵》改编的电影《海霞》后，担心台湾派遣特务潜入我们的海岛搞阴谋活动，平时遇上不会讲本地方言的陌生人来到村里，我与小伙伴会暗中跟随陌生人的行踪，时刻持有戒备心。

曾经的抗美援朝经典电影震撼人心，《英雄儿女》《上甘岭》等体现人民志愿军勇往直前、不怕牺牲的英雄形象，给我们留下深刻的印象。电影中的插曲也是大气磅礴，令人难以忘怀。影片中塑造的王成这样一个志愿军英雄手握爆破筒，高喊“为了胜利，向我开炮！”的画面气壮山河。

女高音歌唱家张映哲演唱的《英雄赞歌》电影插曲委婉动听，富有艺术感染力，将英雄大无畏精神，以及父女、兄弟间的情感表现得荡气回肠。

《上甘岭》中的主题曲《我的祖国》，著名歌唱家郭兰英的演唱真挚朴实，悠扬悦耳，唱出了志愿军战士对祖国、对家乡的无限热爱之情和英雄主义的气概，深切地表达了浓烈的爱国主义思想。柔美的歌声，使人们仿佛看到祖国江河帆影漂移、田野稻浪飘香的美丽景色，至今听来仍觉亲切温暖，令人激情澎湃，内心洋溢着爱国情怀和民族自豪感！

三

意大利著名导演保罗· 索里尼说过，生活的全部，乃是一部自然、生动的电影。

岁月如影，不经意间，自己的人生旅途上半场已经过去，辗转五彩斑斓的人生舞台，扮演着不同阶段的人生角色。

随着年龄的增长，仍然喜欢观看“红色电影”。每次有这类题材新影片上映，都会尽量抽时间去看，使自己的心灵再次得到洗礼，更加珍惜当下来之不易的幸福生活。

一段时期以来，娱乐类综艺节目充斥着我们的日常生活，五花八门虚假的信息占用大量的公共网络平台资源，网上八卦成了人们茶余饭后的聊天话题。娱乐至上、流量为王的观念及畸形的审美文化，冲击主流价值观，危害极大。

欣喜的是，近期主管部门加强网站平台的信息传播与线上娱乐视频节目的管理，依法依规严处一批问题严重的网站平台，及时封禁关停一批过度娱乐化、低俗化等价值导向有明显偏差的节目。

在当今信息资讯与娱乐文化传播渠道多元化的背景下，电影作为一种独特的文艺形式，尤其红色主题的影视作品，最能促进培育和弘扬社会主义核心价值观，满足当下人们对正能量精神的需求和审美趣味。

诚然，红色主题影视如何适合时代需要，在当下依靠市场化手段、商业化运作来取得生存？多出诸如热播的《长津湖》等获得社会认可的电影，依旧任重而道远。

清明漫笔

古语道："参天之木，必有其根，怀山之水，必有其源。"寻根溯源，弘扬祖德是我们中华民族的美德。

每逢清明，我都回老家扫墓，缅怀逝去的先人。我的曾祖父出生于平潭县大富田村，村民均姓周。小时候听大人说，曾祖父年轻时到国彩村谋生，成家后定居该村。我的上祖是从福清迁来的，曾经查阅《平潭县志》，其中记载："周氏始祖周维岳，唐朝翰林学士。唐僖宗光启二年（886）随王潮入闽，居福州石井巷。传十一世周文约迁福清，至二十五世周宏居迁平潭大富田村。"福清周姓主要居住松潭与海口两镇，县志并没有记载是从福清哪个镇迁来大富田村的，这个疑问一直困惑我。清明期间特地走访了部分族亲，查阅了有关平潭周氏来源等资料，期盼解开自己多年来的心结。

有幸查阅到《平潭周氏族谱》，但是，其中的记载与《平潭县志》存在差异。原来，大富田村周姓是周维岳后裔二十六世孙周盛纪、周盛纲（周宏居之子）从福清海口镇迁来平潭大富田村的。

大富田村位于苏澳附近，三面环山，村边水库清澈如镜，山清水秀，是个风景优美的小村庄。资料记载，自明朝末年周维岳后裔二十六世孙周盛纪、周盛纲迁入以来，发祥地大富田已经传承十七世。其后代分蕃于平潭苏澳镇、国彩村，以及城关等地，后来发展到北京、上海、广州、深圳、福州、厦门，以及山东省等地。在民国初期，还有部分族亲到南洋谋生，移居海外。解放后，有位新加坡的华侨族亲不远万里，克服重重困难回到祖籍地大富田，特地捐款修缮了祖墓，以便后代及海外华侨寻根谒祖，缅怀先人。

目前，平潭周氏宗族主要分布在岛内40多个村庄。近500年来，平潭周氏宗亲与海岛百姓一样，拓荒海岛，御侮海疆，艰苦创业，仁人志士辈出。清康熙年间，北厝镇周一漕御封征藩振威将军一品总兵官，英勇抗击三藩叛军。清雍正年间监察巡抚周绍龙，与其子周正思是平潭历史上仅有六名进士中，父子便占了两人，且文才俊彦、为官清廉，名垂青史。由周绍龙、周正思父子为祈福佑民在平潭屿头岛修建的“起龙寺”等文物古迹，可惜毁于“文化大革命”时期。

在上世纪初，平潭西楼村周穆英赴美学医，取得博士学位，是平潭历史上的第一位女博士，精通医学。周穆英的堂妹周贞英也是巾帼英杰，身为我国海洋生物学家的周贞英曾经是福建省第四、五届政协委员、中国农工民主党福建省委员。在上世纪30至40年代期间，周贞英多次赴美留学深造，获美国名牌大学博士学位后，看到抗战胜利后的中国急需人才，为报效祖国，毅然放弃在美国优裕的工作与生活环境，只身乘艘货船，历尽艰险回到祖国。先后在福州大学、福建师大等从事教育与科研工作。周贞英60多年严谨治学，培养众多人才，科研硕果累累，是首批享受国务院特殊津贴待遇的科学家。

民主革命时期，平潭流水镇盘团村周裕藩，早年与进步教师一起创办平潭第一所农民夜校，引导农民学文化、学革命道理，在平潭组织成立最早的中共组织。后来投笔从戎，建立抗日游击队，担任队长兼政委，在福清、长乐、平潭、闽侯和福州等地开展抗日救国，在一次激战中英勇牺牲，年仅25岁。新中国成立后，为纪念周裕藩对革命所作的贡献，将其家乡盘团村改名为裕藩村，并追认为革命烈士。

日月如梭，光阴荏苒。改革开放后，周氏宗亲与平潭人民一道不忘初心，砥砺前行。他们或从政执教，或经商创业，或种田务农，或捕鱼养殖，在不同的岗位上辛勤耕耘，涌现出众多行业精英，为建设实验区蓝图添彩。近年来，平潭宗亲也更加重视文化教育，许多宗亲学子考上名牌大学。

“士茂先兴学，子贤勤读书。”这是北宋著名哲学家周敦颐留传的格言，作为中国理学的开山祖师，一生不追求名利，而是注重研讨学问和真理，以学促德、修德、做好人、做清官能吏。周敦颐在《爱莲说》中的“出淤泥而不染，濯清涟而不妖”，以“莲花”自喻，衬托出自己高洁、清廉的精神。千百年来，这句话深受后人的推崇。许多地方的周氏宗亲为传承浓厚的爱莲遗风，建造“爱莲堂”为周氏家祠。

追溯入闽周氏先贤，历来乐于耕读，崇尚教育修德。据《福州姓氏志》记载，入闽始祖唐封光禄大夫、翰林学士，随王审知入闽后居三山石井。“三山石井”是福州俗语“三山藏，三山见，三山看不见”之一的丁戊山西麓，古时名叫清泰坊。周维岳的后裔在石井巷内开设了嵩山书院讲学育人，嵩山书院现址为福州鼓楼第二中心小学地方，这个小巷只有大约150米长，可这里涌现出许多文人名士，曾走出著名的文史学家游寿、书法家周之夔、藏书家林寿图等十余位名人。

周维岳的七世孙周希孟，也是一位学贯古今的理学大师，通《五经》，著有《诗·春秋义》并文集。他的子孙秉持其精神，自强不息，人才辈出。他的长子周思赐进士及第，孙周伟再中进士，曾孙周擢、周抡先后高中，“三代四进士”，名闻遐迩。周希孟和南宋时的陈襄、陈烈、郑穆 “海滨四先生”，共同在福州各地布道讲学，门生达七百余人。到南宋年间，福州百姓更是集体筹款在乌石山上，建造了“海滨四先生祠”，以纪念周希孟等前人为福建文化进步作出的卓越贡献。

时光悠悠，先贤远去。人的生命短暂而脆弱，就像季节的轮回，一茬又一茬，谁也无法改变，谁也无法幸免。但对于今天的我们来说，祭奠先祖最好的方法就是传承与弘扬他们的美德，孝敬前辈，不忘初心，且行且珍惜。

旧物碎念

在收藏品方面，人们关注较多的是名画文物、精湛的工艺品与古董等等。而我明白自己不具备这些收藏条件，因此，对于那些高档藏品，仅局限于欣赏，无缘个人收藏之爱好。

偶尔家里的书房上也挂有一两幅字画，或在橱柜上摆几件饰品，多是爱好书画亲友的赠品，或是自己旅游时购买的当地特色工艺品，聊以装饰自家陋室而已。

但是，我还是喜欢收藏些自己曾经用过的旧物，诸如收藏了小学、初中的课本；早年书信往来用的邮票，日历小卡片；还有自己心仪的读物，包括文学作品、财经书籍；以及喜欢的经典音乐磁带、唱片等等。而且，随着年事渐长，自己眷恋旧物的情结愈发浓郁。

收藏这些看似没有多大价值的旧物，初衷不是因我信奉庄子“无用之用，方为大用”的名言。只是自己相信，任何东西都是有生命的，因为旧物印记过往的痕迹，蕴含着许多难以忘却的记忆。每当目光触及，沧桑岁月的往事也随之浮现脑海，虽“桃花流水窅然去”，却“总在不经意的年生，回首彼岸，纵然发现光景绵长”，内心深处弥漫着袅袅余香。

因为空间和时间的限制，我有时也为保管与取舍这些旧物而犯愁。由于家里书房不大，书柜上摆满了各类书籍，只好把部分藏书旧物装箱搁在杂物间里，前些年搬家时却被打理卫生的阿姨当作废旧物品卖了，其中有余留的上世纪计划经济时期的布票，以及部分经典名著等，令我惋惜不已。

于是，后来每隔一段时间，我都会整理下书房，尽量保留些喜欢的中外名著，专业工具书等等。每当购买新书，或者收到朋友的赠书时，我只好更新书柜书籍，把书柜上那些不常用的，或在网络上可以查阅下载到电子文档的书籍，及时赠送给亲友。偶尔，也尽自己的绵薄之力支持公益活动。前些天，我送了一本印有“马到成功”字样的马年邮票册，作为小马助学济困公益服务中心的义卖品，祝愿他们组织的慈善拍卖活动旗开得胜，马到成功。

当然，对于一些与岁月有关，自己认为有收藏意义的旧物，还是舍弃不下。也许，就像有位作家所说：“一定有些什么是我所不能了解的，不然草木怎么都会循序生长而候鸟都能飞回故乡，一定有些什么是我们无能无力的……是那本日记还是藏了一生的如山百合般的情怀？！”

在我看来，收藏旧物，物有所值，不仅可以回首流年，重拾美好记忆；也可以作为日常赠品，物尽其用；还可以养性怡情，温润余生。

早年遇上印有生肖动物、或者花草植物的日历小卡片，我都会尽量收藏起来，按照不同的生肖、花卉分类保存。

许是忙于世俗，时光荏苒，四季悄然更替，习惯了不常看这些收藏品。但是，偶然在一个阳光静好的假日，随手拉开抽屉翻开这些精美的日历小卡片，惊鸿一瞥，仿佛进入丰沃的天然牧场，牛羊遍野，牧笛悠扬，草木葱茏，百花盛开。那紫云流莹的蓝花楹、袅婷怡人的荷花、清丽脱俗的栀子花，散发着淡淡的芳香，我的心灵随着驰骋遨游这绚丽多彩的大自然中，心旷神怡。

收藏的旧物中，翻看最多的是自己早年读过中文专业的书籍。白天的喧嚣过后，夜幕降临，静坐窗前。茶香氤氲中，重新品读以前由于学习时间紧张，而囫囵吞枣般看过的文学名著，如今潜心感悟名家清新优美的文字里，思辨人世间的真善美，别有一番趣味。

书房里还有一个抽屉，装着音乐磁带与CD碟片。音乐磁带是我早年喜欢的一些怀旧歌曲录音带，有的已经早被时代湮没，却是舍不得丢弃。最终留下几盒经典的台湾校园歌曲、邓丽君音乐专辑等磁带，且作为对已逝岁月的留念。

CD碟片主要是自己喜欢的钢琴大师音乐专辑，其中包括理查德克莱德曼的经典钢琴曲等。理查德先生是我最敬仰的钢琴大师，上世纪80年代初参加工作时，因听了他的那首“命运交响曲”而喜欢上了钢琴曲。2018年底，有幸在榕城观看了理查德大师的钢琴演奏盛会。目睹已过花甲的理查德先生，虽已不是早年人们记忆中风华正茂、俊秀帅气的钢琴王子，但仍旧风度翩翩、举止言谈都能感受到他亲切、儒雅的绅士之风采。他演奏的“水边的阿狄丽娜”“雨的印记”等山水风光乐曲，清新朴实，流畅优雅，令人陶醉，唤回对大自然的美好记忆。

感谢这些熟稔的旧物，使我回味“人生若只如初见”，让美好的过往重现眼前，给自己平淡的日子里带来丝丝温暖，安然生活。

岁月静好

转眼进入暮春，天气日渐转暖。江滨大道旁绚丽多姿的花卉树木琳琅满目，美不胜收。

缓缓流淌的闽江沿岸上，花开溢香，芳菲尽染。既有清新淡雅、娉袅秀丽的晚樱；也有灿如云霞、满树缤纷的木棉；还有暗香氤氲、低调不张扬的四季桂花，竞相绽放。

可是，在一段种植大叶榕树的道路上，却在春风的轻拂中，潇潇洒洒地飘散着一片片金黄色的枯叶。这种自然写意的插曲，为原本万物蓬勃，绿意盎然的春天，勾勒出几许凉秋的气息。漫步树下，聆听那“窸窸窣窣”的落叶声，真是别有一番风味，唤回了那渐行渐远的童趣，颇有一番诗情画意。

曾经以为在南方总得是四季分明，才是理想的状态，但是在福州这座美妙的都市里，春花秋叶与夏热冬寒同在，灿烂的金黄和轻柔的新绿不分彼此，叶片的新生与轮回奏响这独属于福州的春日华章。

北方天气四季泾渭分明，冬日干脆、凛冽。诗人徐志摩如此描绘：“北方的冬天是冬天，满眼黄沙漠漠的地与天：赤膊的树枝，硬搅着北风先——不留半片残青，没有一丝粘恋……”很难想象，在福州寒冬时节，依旧榕树葱郁，而在春天竟然与落叶扯上关联。往往是四季胶合，冬阳和煦恬淡，凉风拖沓晚秋的余韵，或者春天缠绵四季。还不是么？时下，乍暖还寒，街上许多老者还穿着毛衣，或披着大衣，许多年轻人依旧穿着短袖呢！

福州气温偏暖，低温时间不长，树叶不会以休眠方式停止一季生长。到发芽时节，旧叶枯萎新叶才能长出来，因而才会出现树上绿茵浓浓，树下落叶纷飞的景象。

植物落叶，着眼于生命之新陈代谢，在繁华落尽之后，疲惫的生命，总需要有一番潜修静养之空间，以待身体的复苏。

“好雨知时节，当春乃发生。”不日，春雨漫洒，枯干的树枝上，很快新芽萌发，又是植物一季的轮回。

春风中的落叶，徐徐地飘动着，像空中飞舞的即将化蛹蜕变前的蝴蝶，它们以优美的弧线“簌簌”地扑落坠地。顷刻间，我的心弦被震动了。春季落叶，一方面显示出对既有生命之尊重，另一方面也表达了对未来发展的无限希望与憧憬。可是，那种凄美的景象，让我平增了惊叹与思绪。

于植物而言，春秋两季落叶，一样轮回，生机再现，而人生的际遇却不相同。

人生却不像植物的四季轮回，人的生命有限。人生从少年、青年，到中年、老年的四个阶段是单程的，不能轮回，没有来生。我不禁感喟路上见到的一幕。江滨岸边上，有一对耄耋老者，他们虽然步履蹒跚，却是相互搀扶，谈笑风生地在观赏着江边的花卉美景。望着他们在春光中温馨的背影，令人赞叹：人生如果可以轮回，让他们返回青少年，那将是多美好的情景啊。

肆 第四辑

观岩读石

走近自然，观岩赏石。勘察品鉴海蚀地貌奇岩怪石等自然生态景观，彰显人与自然和谐共生的理念。

“将军”威武，奇岩峥嵘

平潭地处台湾海峡西岸，千百年来，在地质运动与社会变迁的影响下，不但孕育了海岛的人杰地灵，更创造了这里的巍峨雄奇地貌与海蚀景观。大自然鬼斧神工般雕琢而成的众多千姿百态的奇岩怪石，是我国乃至世界上典型且珍贵的地质遗迹，令人赞叹。

周六下午，天气晴朗。约上友人游览将军山景区。

将军山原名“老虎山”，民间曾流传着一个神奇的传说：很久以前，“海国龙王”托梦给一渔夫说，“华南猛虎”将封神立于“三山”峻岭上，此虎可庇佑海上风调雨顺。于是，渔夫便上山寻奇，果真发现一块巨石形状像一只猛虎踞山顶，老虎山由此而得名。

1996 年 3 月，时任中央军委副主席张万年将军，率领一百多名将军登山指挥三军联合演习，为纪念此举，特更改“老虎山”为“将军山”。

将军山上，耸立着一座高大的军演纪念碑，碑尖上的三把戟象征着陆、海、空三军像三把利剑刺向长空。纪念碑前侧的巨石壁上，镌刻着海岛迄今最大的一个摩崖题刻“虎”字，在灿烂的阳光照射下闪闪发亮，显得遒劲雄放，虎虎生威。

将军山东临浩瀚无垠的东海，登顶，远望，海天相连，浪涛澎湃。可以想象，当年诸多将领在山顶观战，三军将士如雄狮出山，气冲霄汉的演习盛况，威武壮观。

二十多年的光阴翩然流逝，但是，统一祖国大业的信心和责任感，如摩崖石刻上苍劲有力的“山川异域、风月同天”题字，刻骨铭心，永不磨灭。

将军山四周巨岩巍然，奇石林立，犹如金戈铁马的英勇将士，雄风依然，整装待发……

天风海涛奏岚韵，奇岩怪石游客醉。海岛特有的海蚀风化，形成将军山上的奇岩怪石漫山遍野，陡峭峥嵘。大自然鬼斧神工般的造化，使这里的岩石肖形状物的种类繁多，惟妙惟肖，叹为观止。于是，很多摄影爱好者与奇岩怪石爱好者喜欢来此探奇访胜。

当我来到将军山的“一线天”景点时，发现奇岩怪石爱好者李少云、冯团和平潭摄影协会的伊海老师，已经先到这里采风。

走进“一线天”景区，只见在两块巨石中间，空出一条近百米长的细长缝隙，洞口狭小，光线幽暗，洞内曲折，仅容一人侧身通过。我身材虽清瘦，但也要猫着腰、低着头，费大工夫，才艰难地通过“一线天”。

走出“一线天”，顺着山间小道，两侧岩石嶙峋交错，只能匍匐前行。径幽窄长，别有洞天，在山顶透射的细小光影下，随手拍摄形成的洞内黑白构图，光怪陆离。一路迂回曲折、险象环生、峰回路转，颇似“山重水复疑无路，柳暗花明又一村”，奇妙无穷。

幸好有李老师的向导，我们才顺利地走过了风动石、蒜头石、望归岩、南风窗等著名景点。

登山则情满于山，观海则意溢于海。从群岩叠石中钻出来时，我们便到了“天风海涛”石刻摩崖上，天风海涛不绝于耳，让人胸襟开阔。屹立海岸上的巨岩“海山公”，颇有“东临碣石，以观沧海”之气势。

有树林的山野，充满绿意；而有奇岩怪石的山峦，富有灵动。

眺望将军山西面，丘陵起伏，阡陌纵横，石头厝鳞次栉比；山野上苍翠的相思树叶随风摇曳，岩石或隐或现，妙趣横生。

而将军山的东面却是一番截然不同的景象。

蓝天下，山海相接，海滩银沙连绵无际，海面上碧波帆影荡漾，几只海鸟悠扬飞翔，犹如一幅别致的风景油画。

向晚，夕阳缓缓西下。迎着徐徐的海风，望着蔚蓝的海面，顿觉神清气爽，一种征服大自然后喜悦之心情，油然而生。

下山途中交谈中，得知李老师在上午已经来过将军山，觉得不管是奇岩怪石还是自然风光，这里都是值得多去的好地方。于是，意犹未尽的他，下午再次来到将军山。

李老师身为教师，挚爱海岛奇岩怪石等大自然景观。

正如他的微信取名“拥抱大自然”一样，常与“海山公”“野草居”等同好友人深入山川田野，勘察天然景观，并与许多热心人士积极呼吁社会各界珍惜保护平潭天然旅游资源。

游山有感，赏岩有得。看来，爱好和乐趣是一种心境，与职业、年龄无关。

感动的不仅仅是海岛丽景

——东庠岛行记

东庠岛位于海坛岛的东北部，与我老家村边的长江澳遥遥相望。

从小就听说东庠岛风光绮丽、金鲟等海产丰富，便有去那儿窥一究竟的夙愿。

周六，有幸随同平潭奇岩怪石保护协会人员，匆匆游览了慕名已久的东庠岛。清晨 7 点，我与同行的魏毅自城关来到流水码头，等待第一班去东庠岛的渡轮。发现平潭奇岩怪石保护协会原会长魏宝已经到了，惊讶地得知身为律师的他前天晚上忙于要事，为了不耽误今天协会在东庠组织的公益宣传活动，便于凌晨 4 点从福州驱车赶到流水码头。

东庠岛东部濒临台湾海峡，西部与小庠岛隔海对峙。离开流水码头不久，突然海面上刮起了一阵东南季风，掀起较大的海浪，渡轮便不停地晃动起来。奇岩怪石保护协会的理事陈钦老师，她平时惧怕风浪，还会晕船，但是为了如期参与组织开展公益活动，便欣然乘船出海。为了舒缓晕船症状，魏会长招呼我们登上视野宽阔的渡轮二层船板平台上。

渡轮在波涛中徐徐向前，四周漫无边际的晨雾从海面上潮涌而来。

“浮东庠，沉东洋。”千里烟波，海雾缭绕。远远望去，东庠岛的轮廓已经被薄雾融化，隐隐约约恍若一只大田鼠畅游海上的侧影。岛上的山林、田野、房屋成了云雾的囊中之物，虚无缥缈，若隐若现，妙不可言。

此时，脑海里闪过了几种关于海市蜃楼的诠释，可这一刻最欣赏大诗人苏东坡《登州海市》诗中的描述：“东方云海空复空，群仙出没空明中。荡摇浮世生万象，岂有贝阙藏珠宫？”大意是，东边云雾缭绕的天空澄澈，众仙家在其中忽隐忽现。世事变换，浮生万象，哪里还有藏着宝贵珍珠的贝壳啊？

半个小时后，我们一行终于登上东庠岛，来到东庠学校，快速地进行奇岩怪石宣传画像的布展工作。

这次公益宣传活动，是奇岩怪石保护协会自前年秋季以来，在平潭岛中小学校开展奇岩怪石公益宣传工作的延续，活动旨在让广大学生参观了解平潭众多奇岩怪石“真宝贝”，不断增强爱护珍贵的旅游自然资源和保护生态环境意识。

布展结束后，便来到附近的葫芦澳采风。葫芦澳是东庠岛的精华景点之一。

穿过崎岖的小路，爬上山坡登上葫芦澳的山顶上。山顶上有片青翠的草甸，绿意盎然，看到不少放羊的牛羊。海风轻拂，空气中弥漫着青草的气息。

俯瞰山下，葫芦澳美景尽收眼底。葫芦澳腹大口小，形似葫芦，两边丘陵伸入海中，极像两个巨螯夹住宝葫芦。澳中绿水清澈，波光潋滟。

远处海岸线蜿蜒曲折，海蚀地貌的岩石叠嶂。山海相连，海天浩渺。观岚听涛，非常惬意。置身这原生态的自然环境，令人流连忘返。怪不得，当年铁拐李醉迷双眼，掉落了手中的酒葫芦，留下了一潭仙酒。

据传，葫芦澳的得名是缘于葫芦澳当中的小山岭上的葫芦石塔。这个葫芦石塔，底座是海蚀形成的自然岩石景观，它非常神奇，不论台风多少级，怎么刮也屹立不倒。千百年来以来，葫芦石塔默默地护佑进出海港的船只。

由于我与魏毅当天中午需要在城关办事，只好提前返回东庠轮渡码头。奇岩怪石保护协会的东庠本岛人林永硕，带领着魏会长、韩晓龙等继续到东庠岛西北方的鲎北山上采风，勘查那里的“龟相望海”“神鲎伏山”“定海石柱”等奇岩怪石。

鲎北山附近渔村风景秀丽，电视剧《爸爸去哪儿》第五季，曾在此拍摄外景。鲎北山的名称中为什么带有“鲎”字？是与那儿有块像“鲎”的象形岩石有关，还是与那儿盛产“鲎”有关，无从考究。

鲎是国家二级保护动物，鲎从每年立夏至处暑季节进入产卵繁殖盛期。“六月鲎，爬上灶。”这个民间谚语说的是夏季鲎多。大潮时，众多雄鲎抱住雌鲎成对爬到沙滩上挖穴产卵。早年夏天，经常看到成双结对的鲎，爬上长江澳海滩。科学文献表明，至少有十多种迁徙鸟类及部分鱼类以鲎卵为主要食物，因此鲎也是生态链的重要组成部分。如果鲎数量减少，将对生态造成一定影响。

民间俗语："南风天，晌午日。"意思是初夏东南季风的海边天气，往往早晨多雾，中午渐渐转晴。

登上渡轮时，已经雾散天晴，阳光明媚。附近村庄错落有致的石厝，依山面海，色彩斑斓。海面风平浪静，微澜流银，波光粼粼。蔚蓝之间，舟船点缀，海鸟优雅翱翔，我们仿如置身于一幅优美的海景油画中。

蓦然回首，发现魏会长一行的身影在远处的山野丘陵中缓慢地移动着。

平潭奇岩怪石保护协会是民间公益组织，成立以来积极组织会员在业余时间，不顾严寒酷暑深入山野海岸勘查奇岩怪石。平潭的山山水水，几乎都留下了他们的足迹。

记得哲学家卢梭赞美大自然的一句话，"郊野和田园生活的纯朴，总有某种令人感动的东西。"此时此景，深有感触：除了纯朴美丽的自然风光让人感动外，热心于保护优美的自然风光与生态环境的人，更是令人感动与敬佩！

长江澳“仙礴”随记

每次回平潭，我都抽空逛逛老家国彩村边的长江澳海滩。

大暑过后的傍晚，站在新修建的环白青生态观光东线廊道上，但见宽长的长江澳沙滩从村边一直绵延数里至君山脚下，湛蓝的大海一望无际。

海滩上，处处是热闹的景象。许多年轻的游客在踏浪拾贝，追逐奔跑；三三两两的小朋友在礁石边寻拾海螺，或捕捉小螃蟹；还有一些游客跟着渔民拉网捕鱼。他们头顶着夕阳，脚踩着细白的海沙，伴着悠悠涛声，尽情享受海边美好的时光。

不远处平坦的海滩上，突兀矗立着一块高达 4 米多的巨大礁岩，礁岩中间带有像人脚印状的凹陷足迹。在《平潭县志》（1922 年民国版）中称之为“仙迹石”，村民亦称这块奇异的礁岩为“仙礴”。

“仙礴”蕴藏着一个感人的神话传说。

很久以前，蓬莱大仙云游东海，看见这里风景优美，民众勤劳善良却饱受风沙肆虐之害。大仙见状，即在海岛东北部沿海分别造化了君山与烟堆山（位于国彩村西侧），两座大山形成一道天然的屏障，有效地阻挡了风沙。

同时，大仙意犹未尽，又在长江澳海滩边的红山丘陵上，点化了一匹“天马”岩石，监视长江澳的海况，旨在护佑百姓过上安宁的生活。尔后，大仙一只脚踩在长江澳“仙磹”，另一只脚踩在君山上，转身跨上台湾海峡，继续云游。

据村上老人介绍，海岛每次遇上台风或天文大潮，涨势凶猛的海水从来没有淹没过“仙磹”。后来，在春夏交际的夜晚，海滩上不时出现流淌“蓝眼泪”的神奇景观。莫非，这“蓝眼泪”是当年蓬莱大仙离开海岛时洒下眷念的眼泪？

潋滟潋滟，浮海无岸。伫立这块长满厚厚海苔的“仙磹”旁，思绪随着连绵起伏的波涛漫涌。

上世纪70年代，“仙磹”附近海滩里外都有着大量的贝壳。那时海岛经济落后，村民为谋求经济的发展，将这些贝壳烧成灰作为建房和修船的材料，或出售给加工厂生产贝壳工艺品。早年我常到海滩上挖捡贝壳，出售后的收入弥补学费不足。有时突下大雨，便躲在“仙磹”下避雨。

“仙磹”附近的礁石滩上，长着天然海蛎、螺蛤等海贝。年幼懵懂的我，总觉得这些鲜美的海蛎螺贝，都是“仙磹”给我们的恩施，让当时苦涩的生活增添了滋味。

“哗”“哗”“哗”……潮声打断了我的思绪，不知不觉中已经涨潮。不远处走来了三三两两的年轻游客，从他们谈笑声中，得知他们准备夜晚观看海滩的“蓝眼泪”景象。暗自思忖这些年轻人真是幸福，独自继续漫步海滩。

突然，眼前一亮，随涨潮带来的一枚贝壳亮闪闪的，便俯身捡起仔细端详，悉心收藏。心想这些贝壳，它们不管是美丽的，还是平淡的，都承载着长江澳的沧桑往事，而每一个往事，都给我带来对生活的领悟与热爱。

天色向晚，涨起来的海水渐渐地抹去身后留在沙滩上的脚印，我快速走向靠近村边的沙滩上。不经意地发现，这里的海沙没有以前那么细白，沙粒变得粗糙。不由地记起平潭奇岩怪石保护协会原会长魏宝撰写的《凤凰坠落》文章，其中提到早年凤凰山边细沙静柔如玉的美景已经不复存在，叹惜平潭部分沙滩已经逐年退化，呼吁人们重视海岛自然生态环境保护工作。

十多年前，我曾去过新加坡，了解到早年新加坡的著名圣淘沙景区，曾是一片沼泽淤泥的海滩。为了营造优美的海滩旅游环境，新加坡政府花费代价，特地从国外购买白沙铺盖在圣淘沙景区的海滩上，并做好日常的净滩养护。

长江澳是平潭的旅游名片，银沙碧浪是长江澳的骄傲，白沙是海滩的灵魂。长江澳的沙滩缘何退化，难道是闽江口流入东海的白沙逐年减少、外围海域遭到非法采沙？或是海水逐年升温等生态环境变化引起沙质变粗的原因？无从考究，好在近年来为保护沙滩岸线宝贵自然资源，平潭综合实验区不断加强管理工作，有效遏制非法采运海砂与人为破坏奇岩怪石自然资源行为，着力构建平潭“碧海银滩、人海和谐”的蓝色生态屏障。

“凤凰坠落兮，涅槃难重生。”且愿长江澳沙滩与“仙磹”相安无事，不再重蹈凤凰山美丽沙坡日渐消逝的覆辙。

青峰仙人桥走笔

初夏傍晚，趁着天色未晚。我们驱车从平潭城关出发，探访慕名已久的青峰仙人桥景观。

汽车在宽敞的环岛路通往青峰村方向的延伸线奔驰，路边茂盛的木麻黄绿荫，消却了炎酷的热气。从芦洋埔环岛路主干道出来，不到 20 分钟车程，便到了青峰村。

青峰村，位于海坛岛的北部。遥望台湾岛，是台湾海峡上的交通要道。据民国版《平潭县志》介绍，因该村的山峰上有着四季青翠茂密的树木，而得青峰村名。

这是一个依山傍海的渔村，是平潭古厝中保存较为完整的传统村落，色彩斑斓的石厝错落有致，站在石厝旁，碧海蓝天尽收眼底。

村民世代以捕鱼谋生，村道上看见不少村民在晾晒淡菜干（俗称“蝴蝶干”）等鱼干。这里出产的海鲟特别出名，冬季时，渔民捕到的青峰鲟一上岸，就被人抢购一空。

青峰村曾经是海防前线重镇，早年有部队驻守，山上挖设许多碉堡战壕，村上建有军营。小时候，我与小伙伴常到邻近的青峰村观看部队放映的露天电影，至今记忆犹新。光阴流逝，如今军号消寂，碉壕无踪。

近年来，随着北部生态廊道的开通，便利的交通给青峰村带来发展新机遇。该村积极探索留住石厝的古味道，留住烟火气，寻找保护与开发民宿旅业融合新路。不久前，青峰村入选省级重点改善提升传统村落。北部生态廊道的北部起点位于该村，山海交融美丽的风光，吸引游客纷至沓来。

来到石厝鳞次栉比的村上，由于看不到明显的路标，同行的李老师虽然来过仙人桥，也一时辨认不清具体方向。只好请一位热心的本地村民带路，才顺利穿过纵横交错的村道来到海边的仙人桥。

仙人桥位于青峰村的西北角的海隅。在一片陡峭的山崖上，有块巨岩横卧二崖之上，似一桥横架空中。这就是民国版《平潭县志》中记载的仙人桥。为了察看清楚，我想靠近仙人桥，弯着腰徐徐攀行，但是山岩叠嶂险峻，挡住了去路，心里不由发怵。抬头一望，发现李老师已经熟练地绕过陡峭的山岩接近仙人桥，我赶紧按照他的指引走近仙人桥。只见仙人桥的桥面高 10 多米，桥洞高约 6 米，宽约 2 米，形成天然的海蚀拱桥。

每当海上刮起大风时，海浪沿桥下海蚀沟汹涌而入，浪花飞溅数十米，宛若风卷雪花的景观。传说当年八仙云游来到海坛岛，醉迷于这个美景，便特地从仙人桥走过。

这里紧挨台湾海峡，长年的海浪海风的冲刷、风化、侵蚀后，造化了这一带的岩石千姿百态的造型。

在仙人桥周边岩石叠嶂的缝隙中，发现长着海岛特有的珍珠菜、前胡草等植物。在这样土壤贫瘠的礁石上，依然绿意盎然。这种顽强的生命力，令人惊赞不已。

山岗上，海风习习。眼前山海相接，海岸线曲折连绵。俯视蔚蓝的海面，几座探出海面上的高大风车悠扬地摇曳着风叶，渔舟点点，波澜不惊。

夕阳西下，余晖映照海面，金光闪耀。渐渐地，棕红色的晚霞，慢慢地浸染海天交际处，将清清粼粼的海水镶嵌了色彩缤纷的外衣，美不胜收。同行的魏毅把海景美图发到朋友圈上，顷刻迎来众多网友的点赞。

返程路上，窗外的彩霞，海滩上拉网归来的游客，村边上叫卖海蛎、淡菜、鱼虾的村民熙熙攘攘，组成山海、渔村兼具共融的美丽画卷徐徐铺展，令人流连忘返。

奇岩怪石觅仙踪

山川秀丽、风光旖旎的平潭岛，素以“海蚀地貌甲天下”著称。

岛上众多的奇岩怪石，造型神奇，千姿百态。有的气势磅礴，雄伟壮观；有的肖形状物，栩栩如生。仿若神之造物在人间留下的惊鸿一笔，给海岛赋予更为鲜明的旅游特色。

有趣的是，美丽的山川奇岩也赢得了各路神仙的青睐，留下了不少的“仙踪”。而各路神仙造访的地方，往往有所关联，并蕴含着富有神话韵味的民间传说，带给人们带来观赏价值与无限的遐思。

石牌洋——仙人通过哑童造化的石帆

石牌洋：又称“半洋石帆”，是世界上最大的花岗岩球状风化海蚀柱。

位于平潭西北部，在与苏平镇看澳村相距 1.4 公里的海上，耸立着一对巨大的天然擎天大柱。其中，高的 33 米，低的 17 米，这座海蚀两块巨石柱兀立于海天之间的，由底部一片礁盘托起，恰似舟船张帆。

“共说前朝帝子舟，双帆偶趁此句留；料因浊世风波险，一泊于今缆不收。”这是清朝女诗人林淑贞的赞辞。

半洋石帆，似巨船扬帆行驶在宽阔的东海上。象征着平潭人民，乘风破浪，奋力前行的意志。

传说很久以前，平潭岛十分荒凉贫困，到处飞沙走石。有一天，蓬莱大仙云游路过海坛芦洋埔，见状便赠送三张仙纸给一哑童，寄托他造福当地疾苦百姓。哑童分别剪裁成君山（用来防风固沙），纸兵（用以反抗昏庸无道的朝廷），以及石臼、石锤、簸箕模型（生活用具）。

因造反失败，遂将石臼、簸箕扔进大海，化为舟帆逃亡。途中遇上风暴，舟沉后双帆化作二石并立，即成为神奇的半洋石帆景观。

山岐澳——神雀望猴、神鸟觅鱼

山岐澳位于平潭县东限洋自然村东南方，因“山岐宫” 而得名。

岸边附近，奇岩怪石形如各种飞禽走兽，诸如神雀望猴、神鸟觅鱼、海龟出水、海鸥蹲窝、鲨鱼啸天、犀牛上岸等等，栩栩如生，惟妙惟肖。

东限洋村山上，耸立着天然的巨岩，经过长期地壳变化与海蚀风化，形成了酷似相会对话的一只神龟和一只神蛇。龟蛇相会是吉祥的象征，与山岐宫里供奉的神灵“五显公”一样，保佑着百姓平安康宁。

东海仙境——仙人谷、仙人井

东海仙境，位于平潭县城往东北方向 17 公里的流水镇东海村的海边。

仙人谷、仙人井，连接大海的山谷与井洞。是海坛海蚀景观极神奇的一个景点。

山谷两侧山崖陡峭，岩石如刀砍斧削直立。“谷门”外是浩瀚无垠的东海，海水涌入，声如洪钟，响彻云霄。

潮水退尽，可从山下沙滩进入洞井，井底尽是青色圆滑的鹅卵石。

仙人井，口井深超过 47 米，井口直径超过 50 米。站在天然巨井旁，顿时觉得自己渺小。但是，面对无际的海涛，浪花盛开，环顾身旁，惊涛拍岸，令人顿觉心胸充满正气。

民间的传说故事中，仙人井的形成是八仙中的李铁拐“仙人凿井”所致。

且说八仙路过平潭北端的青峰村“仙人桥”后，一路向南。路经流水镇东海村时，恰逢酷日当空，大仙铁拐李口渴难耐，挥镐凿井。因用力太猛，捅出了个大麻烦，惊动了东海龙王和土地公，他们联袂大战铁拐李。奋力抵抗中，李铁拐把整座山砸崩了三个大缺口，留下碎石残礁，裂岩断崖，通到大海的深坑，百姓遂称作“仙人井”。

青观顶上——“片瓦仙踪”

青观顶，在大福湾与将军山附近。“片瓦仙踪”是目前所知平潭最大也最著名的“仙人脚印”，也是旧县志记载的平潭旧十景之一。

《平潭旅游资源一览》记载：“‘仙人脚印’又称‘片瓦仙踪’，位于东边山北坡一孤立巨石顶上，如一巨人脚印，北宽南窄，长1米，宽0.5米，平均深达10厘米，最深处20厘米。”

民间“片瓦仙踪”的传说也与八仙中的李铁拐有关，且说铁拐李在东海仙境，寡不敌众败走后，继续驾云南下。烈日炎炎，他饥饿唇焦，四处寻水。最后来到青观顶上空，看见下面的一块瓦片状的巨石，就按下云头踏上此块石头去找水喝，于是，在此块巨石上留下了仙人大脚印。

“麒麟无墨千年画，崖浪涛音万古琴，奇岩怪石游客醉，海坛仙游不思归。”

漫山遍野千姿百态的石头，城乡村落色彩斑斓的石厝，构成平潭岛这个“石头城”特有的旅游文化资源。

山不在高，有仙则灵。上述列举现存的奇岩怪石，仅仅是繁多岩石中，部分相传曾有各路神仙造访光顾且留下“仙踪”部分的岩石。而这些奇岩怪石，也大大地丰富平潭旅游资源的文化张力。

除外，平潭各地还有许多的象形岩石可以觅到“仙踪”。诸如青峰海蚀拱桥——仙人走过的桥，长江澳海滩巨石“仙磹”上留有仙人的足迹。又如素有“石兽世界”之称的南寨山石林，以及君山、大练岛月举山等地因海蚀与火山岩变化所致的石景，肖形状物。它们或似动物，或似人似仙，鬼斧神工，栩栩如生。

这些奇岩怪石，是大自然尽情展现了它那令人敬畏的创造力，也是大自然鬼斧神工般的造化之妙积淀下来，赠留给世人宝贵的天然遗产，值得珍惜。

“鼠年”谈鼠

“鼠年”来了，自然想到老鼠的一些趣事。

老鼠机灵狡黠，人们常用“比老鼠还精”来形容某人的精明，可见老鼠的机灵异乎寻常。

苏东坡《黠鼠赋》里面讲了一个精彩的故事。

一天夜里，苏东坡正在读书，突然听到有只老鼠在咬东西，就拍打床板想吓走老鼠，谁知老鼠赖着不走。

于是，苏东坡让书童去捉这只老鼠，发现这只老鼠是被夹困在了一个坚硬窄小的口袋里，已经没了气息。待把它抖搂在地，“死鼠”突然复活，趁机逃脱。为此，苏东坡感叹：天下生物“莫智于人”，然“万物之灵”的人，却中了小鼠的诡计。

鼠是一种啮齿动物，性喜窃食。小时在乡下，夜间老鼠神出鬼没，除了吃五谷杂粮外，连草席、鞋帽、皮管、书本等都被咬过。

老鼠生命力旺盛，繁殖快，能打洞、可上树、会爬山、兼涉水。除了人和鼠的天敌里的猫、蛇、鹰类动物能捕鼠外，似乎没有更多的动物能制服老鼠了。

在人们的心目中，老鼠是种十分矛盾的小动物，让人怜恨交加。

平潭谚语有“养鼠咬布袋”，是恨它的自私无情；“老鼠会囤十二月粮”，是说它的聪明贪婪；“老鼠掉落米缸”，是笑喻因祸得福；而“老鼠爬入风箱，两头受气”，又含有怜悯之意。

平潭民间，还流传着“金猫伏鼠”的神话。

古早，苏澳镇上有家屠户屡遭一只大老鼠偷吃猪油。一天夜晚，机警的家猫发现后迅速追赶老鼠，老鼠仓皇逃窜，跌落在附近的芹山边山头上。猫跨过苏澳镇南面斗魁村边的金山时，因被套绳绊住掉落山下的海滩烂泥里，动弹不得。于是，金山留下了一个缺口，猫与鼠转化成了“猫仔礁”与“神鼠山”，双方怒目相视。

不久前，我与妹夫名圣、文友郑兄探望“神鼠山”路过苏澳镇，发现那里已经成了跨海公铁两用大桥的大工地，大桥出入口处宽敞的广场上，机声隆隆，工程车正在紧张施工。苏澳镇上拆迁了许多老房子，已经看不到早年热闹的街铺。

踏着街巷斑驳沧桑的青石小道，恍惚时光倒流。犹记得，早年我的父亲在县海运公司供职，如出航在外，我们小孩子便到苏澳镇上父亲的单位代领工资。年幼的我，每次路过苏澳老街，脑子里总是闪现着“金猫伏鼠”的故事。于是，就诚惶诚恐，双手捂紧口袋里装着工资的信封，担心被那只“神鼠”叼走。

如今生活环境变了，街道比以前干净多了。再者，因为健康与猪肉涨价的因素，时下百姓加工猪油也少了。

谅想，苏澳街偷吃猪油的老鼠不会像以前那么猖狂了。

那日傍晚，我们登上斗魁村边的金山。

远望金山的东侧，紧挨着芹山边村，村中小山头上的那只“神鼠”依稀可见，栩栩如生。

东南海滩上的那只“猫仔”岩石，不知缘于涨潮、还是海雾弥漫，或是其他原因，若隐若现，模糊不清。

金山的北侧，依山傍海，美丽的斗魁村尽收眼底。色彩斑斓的石厝错落有致，古老的斗兴寺坐落村中，香火腾绕。

远眺西北侧即将竣工通车的平潭公铁大桥，宛如海面上的一道彩虹，飞架于苏澳镇与大练岛之中。金山脚下的海滩上，微澜潋滟，海沙洁白。裸露的褐红、黑灰色的崖岩礁石，仿如被绚烂的晚霞浸染一般，姹紫嫣红。

郑兄认为，这些海滩礁石如同对岸大练岛上月举村附近的山岩，含有火山岩成分。史前这里可能是个火山口，侏罗纪后期，大规模的岩浆喷发和岩浆侵入伴随着强烈的断裂运动，逐渐形成如此海岸地貌。

其实，平潭沿海的岩石，在海风海浪的长期冲刷、风化侵蚀后，形成了千姿百态的奇岩怪石。仅象形“鼠”状的岩石就有多处，除了“神鼠外”，还有北厝镇大屿岛的“仙鼠岩”、敖东镇南澳村的“松鼠”等，这些都是大自然馈赠给我们珍贵的天然旅游资源。

在古代文学作品中，老鼠多以贪婪狡黠的形象比拟剥削者。如《国风·硕鼠》开头“硕鼠硕鼠，无食我黍！”

直呼奴隶主剥削阶级为贪婪可憎的大老鼠，十分恰当。

当然，任何事物都有两面性，虽然老鼠口碑不佳，但从民俗文化、社会发展的角度看，老鼠已经脱胎换骨，演化出来一个具有灵性聪慧、神秘可爱的小生灵。

作为我国传统吉祥文化元素的十二生肖中，子鼠虽小，却系十二生肖之首。一岁一个吉祥动物，老鼠寓有一种美好的象征意义。

现代生活中，老鼠与人类的关系千丝万缕地纠缠在一起。

比如，人们聊天中自称小白鼠，是指试验品。因为小白鼠的全基因组和人类的相似度极高，很多人类难以治愈的疾病可以在小白鼠身上找到相似性状，从而加以实验发现治病基因，可见老鼠对医学的贡献之大。

随着社会发展，鼠文化在人类生活中的方方面面不加掩饰地呈现出来，鼠文化使鼠变得越来越可爱，越来越神秘。

“鼠年”闲话鼠事，乃无褒贬之意。人是由动物进化来的，在大千世界里，人类应不断增强保护生态环境意识，珍惜自然资源，与动物和谐共处。

寻“鸡”记

成语“人山人海”，形容人聚集得非常多。这词用于国庆期间，平潭北部湾生态观光廊道的青峰村入口处并不为过。

那日午后，秋阳绚丽。驱车前往青峰村游览，许是众人皆想绕行廊道既可观览美丽的海景，又可远眺刚通车的海峡公铁大桥全貌。但见廊道上车流熙攘、山上海边人头攒动，好不热闹。这回让我领教了什么叫“人的山、人的海”。

为了躲开堵车，我们一行另辟蹊径，探寻青峰仙人桥附近的“鸡母礶”景观。

青峰村，位于海坛岛的北部。遥望台湾岛，是台湾海峡上的交通要道。

这里曾经是海防前线重镇，早年有部队驻守。山上挖设碉堡战壕，村上建有军营。光阴流逝，如今军号消寂，碉壕无踪。山上绿树葱郁，海边游人如织。

根据网友提供的“鸡母礶”导航定位，我们在山野上寻找了半天，虽然发现几处巨岩，但觉得都不像“鸡母礶”。于是，只好返回村口咨询。经一位村民的热心指点，终于找到“鸡母礶”准确的位置。

沿着海岸攀登一段正在挖土修路的山峰，路陡山峭，步履艰难。在悬崖峭壁中部，我们看到了巨岩耸立，从南侧观望，极像风动石造形。巨岩的北侧面向海峡风口，飓风狂吹，岩石摇动，岌岌可危。

“咦！”难道“鸡母礤”被海风吹垮了？环视周边没有其他的巨岩了，心里纳闷。

“啊！快来，‘鸡母礤’找到了。”同伴招呼我攀上山顶观看。原来，从“风动石”南侧的山坡观看，似金鸡母形状。

巨岩金鸡独立于悬崖峭壁上，鸡头俯视海峡，尽览海上动静。

长年的风浪冲刷、风化、侵蚀后，造化了山崖上的岩石，具有鬼斧神工般的造型。移步换景，妙不可言，极具观赏价值。

山岗上，秋风萧瑟，视野开阔。四周山海相接，岸线曲折蜿蜒。海上碧波万顷，时有船艇与海鸥飞翔，秋水共长天一色，令人心旷神怡。

山海沧桑，日光月辉照千古。大浪淘沙，天风海涛描青峰。这里的巨岩与岛上众多的奇岩怪石一样生动多姿，富有灵性。

村上流传着青峰“鸡母礤”的神话故事。

很久前，海上常有海盗出没，百姓担惊受怕，民不聊生。有天鸡母神巡游发现海盗抢杀渔民，愤怒激昂，决意为民除害。于是，张开大翅膀，飞向海盗船，顿时天空乌云密布，海面惊涛骇浪，鸡母神用鸡嘴狠啄海盗船。

经过几个昼夜搏斗，海盗船终于沉没了，海盗葬身海底，鸡母神也筋疲力尽，最终落在青峰山上化成了岩石，从此，渔民们不再遭受海盗的侵扰，过上平安的日子。

为了纪念鸡母神，这块风动石当地人称之为“鸡母礓”。

有天一艘载有不义之财的货轮经过海峡，被金鸡发现后，立刻啄下船上的金银财宝，造福当地。有时金鸡觉察到天将起台风，便高声鸣叫，提醒渔船回港避风。

这些民间的传说，体现了海岛百姓，向往安宁幸福生活的愿望和丰富的想象力。

山峰的北侧还建有航标灯塔，金鸡与灯塔一样昼夜守卫着海岛。晓报平安，夜护海峡。

“天神”的守望

平潭岛上千姿百态、形神兼备的象形状物岩石，令人叹为观止。

近年来，随着平潭两座跨海大桥的陆续开通，便捷的交通，让我亲近了岛上不少的奇岩怪石。无奈，海岸线曲折绵长，岛礁星罗棋布。于我而言，短期内那些小离岛是走不完的，礁岩是看不尽的。更多喜爱的奇岩怪石，只好在心里与它许下了约期。

一

时值初夏，清晨的码头依然凉风习习，我陪同上海来平潭旅游的朋友再次踏上“寻岩探石”的征程。

渡轮驶离码头，渐渐进入台湾海峡，身后的海坛主岛轮廓越来越小。置身于宽广无垠的大海，海风轻拂，波澜潋滟，旖旎的风光令人身心放飞，世间的喧嚣与内心的疲惫顿时释然……

突然，海上刮来一阵季风，浪花翻腾飞溅，轮船左右摇摆。虽然，我生于海岛，从小在海边摸爬滚打，喝着海水长大。然而，毕竟久居都市，自平潭海峡第一座跨海大桥开通后，已有十多年的时间没有乘坐渡轮了。不用说，在汪洋大海之中，一艘万吨货轮如同一片叶子，随时都有被汹涌澎湃的海浪吞噬的可能，更何况我们乘坐的这只小型渡轮呢？这么一想，心骤然担忧了起来。于是，双手紧紧抓住扶手，身子随着摇摇晃晃的轮船，徐徐前行。

渡轮的马达声隆隆作响，可是漂浮于茫茫大海上，主岛参照物邈渺，感觉渡轮没有什么进展。大约经过一个小时左右，前方海面上，原先隐隐约约的一座扁长形的小岛屿渐渐明亮起来，而且越近越大。于是，一颗悬浮的心，渐渐地踏实了。

这就是塘屿岛，它是距离平潭主岛最远的一座有人居住的离岛，与平潭其他一百多个的小离岛一样，犹如一粒粒璀璨的珍珠散落在广袤的东海上。

放眼望去，氤氲的雾岚缭绕着塘屿岛上空，仿佛给塘屿岛披上神秘的面纱。

这次，上岛探访的是仰慕已久的“海坛天神”石像。它与平潭“石牌洋”石帆，并列称为平潭岛奇石的“双绝”。

二

“海坛天神”最易远望，那一尊在海雾中若隐若现的天神，卧躺在海滩上。

天神石像是海风和海水侵蚀的佳作，周身均为花岗岩球状风化造型，如此巨大的球状风化石，造型惟妙惟肖，体态栩栩如生，天下罕见，令人赞叹。

天神头枕金色沙滩，双手平直，双脚伸入东海，素面朝天，双目微张。他晨观旭阳出海、浪涛盈耳；暮伴孤星寒月、“蓝泪”流萤。让人着迷，引人遐思。

这遐思，穿越时间与空间。天神任凭狂风巨浪、烈日骤雨，不曾动摇。默默守望，阅尽了海坛沧桑而又生动的历史场面。这一个个历史场面，一桩桩生动故事，既有沉重惨烈的，也有明朗欢快的。都在这浩渺的海湾，被一片片粼粼的波光照拂，被一阵阵渺渺的涛声吟诵，在慈祥的天神眼前演绎着。

诚然，天神曾目睹上古年代先民蹈风涛越浊浪，拓荒孤岛，耕地捕鱼，薪火绵延；曾目睹倭寇袭扰，掠夺劫杀，戍边将士与民众英勇抗敌；也曾目睹海坛的沦陷与解放的艰难历程；目睹这里邻近台湾、福清、莆田三地，在上世纪 80 年代是大陆首批的“台轮”停泊点，见证了曾经作为对台贸易先行者的荣耀与繁华……风起云涌，潮起汐落。新的时代、新的故事还在延续。此刻，但见海滩上游客熙攘，人头攒动。

伫立天神石像边，环视四周，石像的西侧和北侧，有三个碧绿的小海湾。时值夏初，清风和煦。曼妙的海湾，洁白的沙滩，令人流连忘返。岛上还有八仙围棋石、木鱼石、锣鼓石、得炉石、船帆石等海蚀造型景点，它们巧妙地组合在一起，浑然天成。来此观石、滑沙、拾贝、游泳、垂钓、看海，独有一番回归大自然的情趣。

天神卧躺于海边，守护着一方安宁。礁石间的细流潺湲，轻吟低唱。仿若天神在散发着静穆空灵的梵境禅风，涤荡着尘心。眺望海面上的激涌澎湃，此起彼伏。放任思绪在脑海中奔涌飘逸，天马行空。然后，思绪如回头浪涛般汇聚蓄势，渐渐聚拢，让内心濡墨一幅灵动写意的画卷。此时，安逸的感触抖落在浮沫里，随意随性地消弭浮躁。

自然，慕名而来的并非都是度假的游客，探访奇岩怪石者有之，更有求子者。

海岛上地瘠田少，岛民只能向海而生。然而海风肆无忌惮，海上谋生艰辛。在岛民的心目中，再大的船也只是浩瀚大洋中的一叶浮萍，而再小的岛屿也是一个坚定不移的陆地。

海岛上有句俚语："风细小砧板声，风大啼哭声。"肆虐的海风，时刻威胁着渔民的安危。传说早年渔民出海之前都会到"石牌洋"或"海坛天神"上祭拜，以求风平浪静，护佑一帆风顺，满载而归。这样，夜晚海湾的石厝里渔火点点，渔家人黝黑的脸上才闪烁着喜悦的笑颜。

当然，出海捕鱼需要强壮的男子，缘于传宗接代与捕鱼需要，渔家人希望多生男孩便是天经地义的事情。而天神石像上形如男性阳具特征的风化岩体，便有了民间所传，久婚不孕的年轻女性往上一摸，即能应验得胎，因此成了渔家人传宗接代的膜拜物。

三

因了惊诧于大自然造化众多“象形石”的神奇，给我的视觉与心灵带来了强烈的冲击。于是，一种莫名的欣慰或忧思油然而生。有时，不由地从中去寻觅与探究其在光阴深处的故事，并思索这些奇岩背后可能蕴含的隐忧。

此时，我不禁叩问，大自然造化了庞大的“海坛天神”，为什么天神躲开芸芸众生的熙来攘往，卧躺于远离喧嚣的边陲小离岛？抑或，几千万年前，玉皇大帝派天兵捉拿悟空，这位天兵追捕累了遇见这片海域非常美丽，就停下来躺下休息。后来，玉皇大帝爱惜这片海岛，刻意不再派遣调离他，让他留在这里守护海域？还有，“海坛天神”“石牌洋”日夜守护海岛，默默地庇佑岛民的安宁，那世人应如何让他们也得到安宁的呢？

都说“爱到天荒地老，海枯石烂。”然而，在现实生活中，自然界变化无常，海水也会枯竭，石头也会毁灭。随着海坛岛旅游的越发炽热，观赏类似“海坛天神”奇岩怪石的游客日益增多。无疑，引发出人们对如何守护好这些大自然馈赠瑰宝的担忧。曾经因人为或自然原因，使平潭不少优级象形奇岩怪石，出现过毁灭或面临损毁的现象。譬如，早年位于城关东部，有块与东山县风动石媲美奇妙的平潭高坪山风动石，已经消失了。在上个世纪海岛大兴建造石厝时，曾经有人盯上了“石牌洋”的石帆，幸好被及时制止，免了一场劫难，目前石帆上还遗留有采石凿开的炮眼。还有，近期有些海滩上发现了疑似盗采精美鹅卵石的行为等等，令人担忧。

当然，也有部分的岩石长期遭受海风冲刷，风化日益严重，以导致岩石的表层逐渐脱落，如果不及时予以防护，将渐渐毁于风蚀，最终丧失了观赏价值。

记得作家萧乾说过：“人生就是一次不带地图的旅游。”人生如旅，步履不停，心之所向，皆是风景。虽然，目前我尚未知悉完整的平潭奇岩怪石分布方位，那又何妨？大自然鬼斧神工之杰作其妙无穷，令我神往，使自己在闲暇中步履不停，用心感受沿途的奇岩怪石，让灵魂一次次洗礼，并以素简的文字记录探访感念！

善哉！美哉！海岛的守护神

周日清晨，东方刚露出鱼肚白。我们一行三人，风尘仆仆地来到了风光旖旎的三十六脚湖。

地处岚岛中南部的三十六脚湖，是八闽第一大天然淡水湖，以海中之湖而称奇。

此次游览，由谙熟三十六脚湖的李少云老师作向导，带领我与魏毅同学另辟蹊径，登上湖的东北部的一座山头上，全方位欣赏湖景。令我大开眼界，赞叹不已。

酷爱奇岩怪石的李老师，首先带领我们穿过一片青翠茂密的木麻黄树林，来到杂草丛生的山岗上，观看一块极似济公形状的岩石。这块巨岩，高近五米。从侧面仰视，很像济公头戴佛帽，身披袈裟，手握施行道具，默念经咒，祈福海岛风调雨顺。

在济公象形岩石的南面丘陵上，我们找到一块巨大的风动石。这块神奇的风动石面向湖面，耸立在两块岩石上面，当地百姓也称之为飞来石或天坠石。从侧面看去，风动石极似一个神翁的头部，正全神贯注地凝视着前方宽广的湖水流域。

千万年来，这位上苍派来的使者，任凭风吹雨打，历尽沧海桑田，默默守护着身边浩渺荡漾的三十六脚湖。

我们站在山顶，湖光山色，尽收眼底，一片豁然。

远眺四周，湖岸曲折绵延，礁岩怪石峥嵘。湖中绿色葱葱的小山丘上，笼罩着一层轻纱，影影绰绰，在漂渺的烟雾中忽远忽近，若即若离。

俯瞰湖面，微澜潋滟。偶然间，三三两两的白鹭悠扬地翱翔湖上，点缀着蔚蓝的天空。犹如置身于大诗人王勃笔下“落霞与孤鹜齐飞，秋水共长天一色”的美景之中，令人心旷神怡……

青山和湖水的融合，是静美和灵动的搭配，单调与精彩的结合，也就组成了最美的风景。

三十六脚湖是平潭的“母亲湖”，她怀着慈母般的温柔与大爱，以清澈的湖水，哺育了一代又一代海岛儿女。

为了保护湖水常年洁净，近年来，相关部门高度重视三十六脚湖周边生态环境的保护与治理工作。湖边村庄上的热心青年还自发成立了环保志愿者协会。

从三十六脚湖出来，我们一路向南，继续赶路游览敖东镇东限洋村。

沿途经过南寨山附近，层峦叠嶂。轻风吹拂，山陵上青翠的相思树丛中，隐隐约约可见到众多风化后花岗岩、巧夺天工般的奇岩怪石。在李老师家乡山利村的南侧，一块酷似骆驼的象形岩石，横卧在草木丛中。在阳光照映下，露出的骆驼背部，像涂上了金色的色彩，显得格外美丽。

在山利村上，看到几棵海岛少有的大榕树，树冠呈圆形，盘根错节，叶茂蔽大。李老师热情地介绍了这些饱经沧桑的古榕树的有关故事，还让我们赏阅他手机拍摄的君山上岳顶村庄里的一棵笔筒树。咦！这棵笔筒树不是很像我在永泰青云山与闽南南靖县所看到的桫椤树吗？

桫椤是我国列为一级保护的濒危植物，有“活化石”之称。

在约 1 亿年前，桫椤曾是与恐龙一样，同属“爬行动物”时代的两大标志。经过漫长的地质变迁，地球上的桫椤大都罹难，只有极少数在被称为“避难所”的地方才能追寻到它的踪影。至于平潭这棵笔筒树是不是真正的桫椤树？我无从考证。

但是，据专家介绍，平潭的奇石景观形成于约 1 亿 5 千万年前的晚侏罗世。随着太平洋板块向欧亚大陆板块的碰撞和俯冲，平潭一带发生了多次大规模的火山喷发和岩浆入侵，形成大量的火山岩和花岗岩，逐渐演变成形态各异的海蚀石块。这与桫椤的繁盛年代是相吻合的。

临近中午，我们来到同行魏毅的家乡东限洋村。

这是一个依山面海，风景秀丽的村庄。

村上，色彩斑斓的石厝鳞次栉比，错落有致。村边，阡陌纵横，田地上的花生苗一片翠绿，淳朴的村民正在翻土、除草，散发着芳香的泥土气息。

在东限洋村的山岐五显宫东南角方向，有几块天然大岩石，经过上万年的海蚀、风化形成了酷似一只神龟和一只神蛇，好像在相会对话。龟蛇相会是吉祥的象征，与山岐宫后山的弥勒佛象形岩石，都是天佑百姓的守护神。

海与石厝、山林、奇岩怪石交相辉映，相得益彰。

从本村土生土长走出来的魏毅，对家乡的山山水水怀有特殊的情感。特别是村庄周边漫山遍野的奇岩怪石，更是视它们为大自然赐予我们的特殊礼物，心怀珍惜。早在七八十年代，他目睹着家乡附近的巨大的卧牛石、交椅、下山鳖石等因为被人开采，而日渐消失的奇岩怪石，倍感痛惜。

近年来，他积极呼吁社会各界重视生态环境建设，并利用业余时间编写了《观赏平潭奇岩怪石路线指引》。为了更好保护家乡的奇岩怪石，他自费请人在村上的凤鸟象形石旁边，刻上自己的题词："天造地设三磊岩，神凿仙斧大凤山。凤凰白鸽齐飞翔，莲花笔架共呈祥。"

返途中经过鹅头湾附近，我们便下车爬上路边的山坡上察看"鹅头岩"象形岩石。

"鹅，鹅，鹅，曲项向天歌。"怎了？见不到鹅头岩石。我们找了半天，好不容易在一片杂乱的木麻黄树林中，看到了鹅头岩。

据传，这"顾盼自雄"的鹅头岩，有着400多年的历史。大约在明世宗时期，鹅头湾一带村庄惨遭倭寇入侵。这只天鹅便是戚家军官兵的军事信使，倭寇一败涂地。后来遭到残余倭寇的射杀，坠地化为鹅头岩。几百年来，鹅头岩默默地保佑当地百姓平安吉祥。

我拍摄了几张鹅头岩图片，随即发到微信朋友圈。平潭奇岩怪石保护协会原会长魏宝看到后，立即留言："鹅头岩有一段时间没有见面了，看图稍安！"

原来，去年因为环岛路综合管廊工程建设，鹅头湾这块奇石面临震毁。魏宝与现任的平潭奇岩怪石保护协会魏为燚会长及时协调，得到政府和社会的大力支持，并采取保护措施，才消除险情。但是，他们心上还是一直挂念鹅头岩。

列夫·托尔斯泰曾经说："大自然充满了一种使人心平气和的美感与力量。"谅想，海岛那些秀丽的山川、古老的植物、多姿的岩石是大自然赐予我们美好的特殊礼物，是保佑百姓平安吉祥的守护神，值得人们珍惜。需要社会各界的共同努力，才能保护好大自然馈赠的宝贵资源和生态环境。那些热心公益事业的民间人士，尤值得人们敬佩。

大士殿与道彰岩

俗语有云："天下名山僧占多"，意思是指佛寺多建于名山。位于平潭白沙垄村后的山脉海拔并不高，然而，因了《平潭县志》（民国版）中关于其山上建有北宋时的"大士殿"庙宇，以及"道彰岩"石刻的记载，让我耿耿于怀，心里已然与它订下了约期。

不久前，我随同该村的陈明同学专程从福州前往白沙垄村探访。驱车沿着蜿蜒弯曲的北部湾观光廊道的岔路进入村子，临近中午，骄阳透过茂盛的古榕树枝，静静地洒在错落斑驳的古厝上，大多房子没有人居住，偶见几位老者在榕荫下乘凉聊天。树上不时传来聒噪的蝉鸣声，使原本宁静的村子显得热闹。

在村上休整片刻后，陈明带领我沿着小道走向村子后面的山野上，路边的太阳花沐浴着骄阳恣意地开放，弥漫着淡淡的芳香气息。蹚过一条清澈的小溪，十多分钟后，层层翠绿、此起彼伏的山峦跃然眼前。

在一座草木葳蕤的小山丘上，半遮半掩几块叠嶂的巨岩，这就是"道彰岩"？微风吹拂，在晃动的树枝中"道彰岩"刻字时隐时现，显得深沉与神秘。

慕名已久的"道彰岩"近在咫尺，令人激动不已。

冒着酷热，我们气喘吁吁地攀上一片草木荆棘的山丘，终于走近“道彰岩”。

史书上记载，平潭的摩崖石刻仅有十余处。然而，白沙垄自然村与同属红卫村的军路底自然村却占有三处。其中，北宋时的道彰岩石刻，是平潭最早的摩崖石刻。

若不是谙熟本村地形的陈明带路，谁也不会知道在这貌不惊人的山野却藏着“大士殿”遗址，以及北宋时期的摩崖石刻。

近看几块巨岩斜靠重叠，构成上下两个洞穴。北宋熙宁二年(1069)，僧道彰募缘至此，建庙居止，于上洞。洞西壁有宋代摩崖题刻。石上横镌：“道彰岩记”四个大字，字面长1.8米，宽1米；竖镌：“岩本无有，道假人弘，熙宁己酉、兴自彰公”十六大字。下部题有：“本贯怀安，受业仰山，特寻胜慨，遇兹岩穴，堪为寂止，遂用兴修，已逾一纪，乃志昔耳。时元丰五年岁次壬戌冬十月。”

石洞的东西壁，以及洞的外东侧有清代摩崖题刻三处，其一系清光绪初年，游腾辉镌：“洞天一品”四字。西石壁四行直书为：“岩本天成，道彰其名，兴自宋代，迄我大清。”石洞的外东侧巨岩刻有字径60厘米的“福”字。据有关专家介绍，这三处石刻均为清代楷书阴刻。1988年，政府公布红卫村的“道彰岩”为县级文物保护单位。

传说，北宋熙宁二年（1069），江西省宜春县南仰山的怀安籍僧人璋公来岚化缘，寻踪至白沙垄，也正是发现白沙垄山脉层峦叠嶂、风景秀丽的胜景，才将斜靠重叠的石岩定名为“道彰岩”。同时，在“道彰岩”附近讲经传道，最终圆寂于此。

在《平潭县志》（民国版）卷八“名胜志”中，一代名儒施天章先生补辑的“平潭二十六名胜志”记载：清光绪初年在“道彰岩”旁边建有大士殿，信众三千，香火旺盛。如今，大士殿已荡然无存，唯有“道彰岩”默默见证了当年佛教的繁盛。

返程中，陈明告诉我：在白沙垄村垄仔底，以及西侧的军路底村西北山麓古军路旁，还分别有两处石刻，记载宋嘉祐年间修建军路底通往钟门的军路的经过，并记载当时捐款者的姓名和金额。

据史料统计，福州五区及周边县市（包括平潭）的古代碑刻、摩崖石刻公有287处。按年代分，唐代的有12处，五代2处，宋代93处。而平潭红卫村所属的白沙垄和军路底自然村宋代摩崖石刻却占了三处，实属不易，令人赞叹。

中午时分，我们回到村里，参观白沙垄村上的一口古井，此井凿建于150多年前，村民称为泮月古井。我双手捧起清凉的井水擦脸，暑热与倦意顿时消弭。

白沙垄山清水秀，文化底蕴深厚。村上坐落着一栋建于清朝，历经百年沧桑，堪称平潭民居瑰宝的林福予古民居，还有陈东南英烈的故居等等。

青山不墨千秋画，绿水无声万古情。一个村庄，蕴含有这么多的人文景观与历史古迹，确实难得。

陈明生长于白沙垄村，现任教于福州某高校。他对目前村上的诸多古迹如“大士殿”“道彰岩”几近荒废的现状，十分痛惜。曾经建言呼吁有关主管部门，结合美丽村庄建设，修复林福予故居、“大士殿”“道彰岩”，以及军路底到钟门村的古军路旅游通道等，维护利用好其旅游价值，把自然景观与历史人文景观旅游结合起来，不断提升旅游文化张力。

县志中还记载：“大士殿”“道彰岩”旁边有个岩洞，洞深幽长，据传有山羊从此进入，在隔海的大练岛上的口出来。陈明也说，他们村的老人曾经发现这个洞口，结伴轮流点着火把进入岩洞，走了近一个小时仍不见出口，只好退回。有趣的是去年秋天，我与平潭奇岩怪石保护协会负责人，在探访白沙垄村邻近的桃花寨山上的陨石遗址途中，该村的向导说，早年传说在桃花寨山上也有一个岩洞可以通到大练岛上。

而不久前，我曾探访过大练岛的“逼天门”，当地民众也说有山洞通往平潭主岛上。这些传说有点偶合，至于主岛与离岛的岩洞间是否真的互通连接？令我感到扑朔迷离。但是，白沙垄山脉距大练岛直径不足 4 公里，而我省最大的将乐玉华洞石灰岩溶洞，全长约 6 公里。据白沙垄村附近的南垄村“壳丘头”新石器时代遗址发掘、考证，平潭远在六七千年前就有人类活动。同时，君山上、流水镇等地发现的笔筒树（桫椤属植物，生存于恐龙同一时代），专家由此把平潭岛的存在推测到史前更早的年代。漫长的地质变迁，以及人类改造大自然活动等等，平潭主岛与离岛之间存在相通的岩洞是有可能的。相信随着科学的发展，谜底终将解开。

都说“山不在高，有仙则名”，大意是指山不在于高，有仙人居住就成为名山了。尽管僧人璋公算不了仙人，“道彰岩”所处的山丘并不彰显。然而，游历了“大士殿”与“道彰岩”后，见闻了它的前尘过往与神秘传说，让我深信，处在深闺中的“大士殿”与“道彰岩”遗址，经过加强文物保护与旅游开发，终将闻达于世，引起更多人的关注。

石厝漫笔

城市里，瓦石构建的房屋消逝的步伐很快。而在故乡平潭岛的乡村，她的身影却是随处可见。

和风煦阳，站立海岛高处远眺，映入眼帘的是一幅心旷神怡的景色。放眼望去，只要有村落就有瓦石房子。那些依山而建，傍海而居的石厝从山坡一直伸向海边，与蓝天、白云、碧海组成的画面有着童话般的意境。

踏入古朴的村子，石厝色彩斑斓，巷道狭窄幽深。木麻黄树上回荡着清脆悦耳的雀鸣声，掺和村间小溪的潺潺流水声，显得空灵、悠扬。伫立石厝边，抚摸长着青苔的墙面，顿觉心清素简。仿如自己放逐于肃静淡雅的深山里，安然自在。

这些石厝，她们的墙体色调或灰白、或淡黄，瓦片或黛青、或褐红，明暗相接，冷暖相间；她们的结构或单层、或多层，形状或平排房、或合院，鳞次栉比，错落有致，成就了油彩画般极富美感的景致。

这些石厝，冬暖夏凉。经过岁月的洗礼，石厝还原了自然斑驳的颜色，光滑润泽，返璞归真。而绿树、古井、小溪与青石块铺就的小路交织点缀村间，自然淳朴，相得益彰。

石厝这种原生态艺术无琢自然之美，让人流连忘返，就像林语堂所说：最好的建筑是这样的，我们深处其中，却不知道自然在哪里终了，艺术在哪里开始。

纵观大江南北的民居，无不包含着不同区域的自然环境与人文特色元素，形成了风格迥异的居住特色。诸如北方的蒙古包，用毛毡、木条等材料搭成圆形帐篷，这样既能防风雪，又便于游牧民众驮运迁徙。客家的土楼，以生土等材料建成圆形或方形封闭式围楼聚居，既防匪防兽袭击，又增强族人的凝聚力。

平潭的石厝，体现以海洋文化特色为主，兼收并蓄福州、莆田、闽南等地民居民俗特色，形成了以石料为主材，结构、形状与色调多样化的建筑风格。海岛百姓克服海岛自然环境的约束，就地取材，用坚固的花岗岩建造房子，以抵挡海岛上风沙、海潮各种恶劣天气的侵害。

石厝从地基石到墙体、梁柱、门框，再到屋顶瓦片的压石块等，都是用石料，许多房子的围墙也是用石料垒砌而成，形成独特的民居景观，体现出海岛人的智慧与勇敢。海岛风大，环岛沿海一带建造的石厝，为了防风防沙，房墙窗户较小。屋顶多用密密麻麻的石块压在瓦片上。有的石厝，屋顶波浪造型，用光润的鹅卵石压着瓦片上，寓意“压住风浪”，祈福渔家人出海风平浪静。

古朴端庄的石厝静卧在山野海边，任凭风吹雨打，依然如故，穿越历史朝代的更迭。

前些年发现的平潭南垄村壳丘头新石器时代遗址，考古专家考证认为，那时海岛先民就开始利用石头作为生活工具。史书记载，唐代平潭为牧马场地，宋初设牧马监，人们推断唐宋时期岛上就有石头房屋。安史之乱时，诗圣杜甫于公元760年春天，弃官从西安逃难到成都，在浣花溪边盖起了一座茅屋，不料次年秋天遭遇大风破屋，深有感慨地写下了“茅屋为秋风所破歌”。倘若，杜甫当年往东南方向逃避到平潭，居住“风雨不动安如山”的石厝，那将是另一种况味呢？

石厝是海岛沧海桑田的见证，是百姓坚实牢固的庇护。每每念及这些勤劳智慧的石厝建造者，总是让人肃然起敬。

早年海岛的山野上，常常出没打石匠帮，他们用磅锤、铁錾捶打巨大的青石岩，在一阵“叮叮当当”的悠扬敲打声中，一块块粗壮的石料应声劈开。

寒冷夜晚的石厝院子，小孩子们喜欢围在石块搭成的火炉边，看着石匠们在锤炼修复白天用过的铁錾。炼炉上的熊熊火焰，映红了石匠们黝黑的脸盘，也把院子烘得热乎乎的。那些娴熟技艺的盖房匠工（俗称“起厝师傅”），他们手持泥刀、小铁锤、水平尺等工具，忽上忽下垒石抹泥，忙碌数天工夫，一栋石厝便矗立在眼前。

石厝坚固耐久的气质，也融入积淀成勤劳刚毅平潭人的精神气韵。改革开放后，岛上年轻人纷纷外出打拼，走南闯北，或挖隧道、或搞海运……

光阴匆匆，不经意间岁月如流水般流逝。现时乡村部分石厝已没人居住，村里留守的大多是老人，他们与苍老的木麻黄树形影不离，守护着古朴的村庄，守望着沧桑的石厝。对于岛外的乡人而言，石厝是牵动他们乡愁的根。

正如有位作家所说：“故乡的歌是一支清远的笛，总在有月亮的晚上响起，故乡的面貌却是一种模糊的怅惘，仿佛雾里挥手的离别，离别后，乡愁是一棵没有年轮的树，永不老去。”在他们心里，最难以割舍的是故乡那一抹木麻黄翠绿，而最亘古不变的永远是故乡那一片美丽的石厝。

欣喜的是，改革开放的春风唤醒沉寂的海岛。随着平潭海峡大桥建好后，近年来岛上的基础建设与投资环境不断改善，曾经走南闯北打拼的乡亲，纷纷回岛创业。许多村庄开发了石厝民宿旅业，以及海景游览等特色旅游项目。

不久前出台的平潭综合实验区石头厝保护专项规划，把对石头厝的建筑与修缮纳入保护管理范畴，将更好地保护石头厝群落的传统格局和历史风貌。

可以预期，这将给平潭石厝的传承与创新，以及民宿业的发展带来勃勃生机。

陶渊明在《读山海经》中写道：“孟夏草木长，绕屋树扶疏，众鸟欣有托，吾亦爱吾庐。”这是陶渊明描绘的那种远离喧嚣纷扰，自然素雅桃园般的村庄境界。

倘若你置身于风和日丽、草木茂盛、绿阴蔽屋、众鸟欢鸣，自然祥和的海边石厝村舍，怎不“吾亦爱吾庐”？

伍 第五辑

悦读絮语

讲座随感，阅读心得。叙写文学沙龙的听讲体会，读写心得随笔。

名家讲座，书香盈盈

——黄文山、杨际岚老师讲座体会

黄文山、杨际岚老师文学素养高，且为人谦逊，是我崇敬的文坛前辈。近年来，自业余重拾文学爱好后，有幸得到他们的热心指导与勉励，作为后学，感激不已。

多年前，在《金外滩》复刊暨作品分享会上，台江作协邀请两位老师抽空给我们作专场的文学讲座，因疫情影响与老师日常事务繁忙等原因，拖到今年 4 月中旬才确定五一假期举办文学讲座。

我作为组织这场活动的主要参与者，紧锣密鼓地筹备讲座事务，得益于福州宁化街道福祥社区的大力协助，以及台江作协师友的热心支持与协会叶主席的精心指导，讲座活动顺利进行。

2022 年 4 月 30 日上午，天气清朗，台江宁化街道洋紫荆灿烂。台江作协联合宁化街道党工委举办了“喜迎二十大，文艺进社区”文学讲座沙龙，特邀黄文山、杨际岚老师做客台江区作协文人会客厅，并作了别开生面的文学讲座。

讲座上半场由散文名家黄文山老师主讲。黄老师历任福建省作协副主席、福建文学杂志社主编，曾获首届冰心散文奖和郭沫若散文随笔奖。现任省作协顾问、《闽都文化》执行主编、福州市台江区作协荣誉顾问。他以题为“散文写作漫谈”开讲，结合四十多年来的文学创作与编辑工作实践体会，从散文创作的意象和意境、语言和风格、开头和结尾三方面为大家传授创作经验。

关于意象和意境，文山老师引用美学家李泽厚的美在客观性与社会性统一的观点，阐述物境、情境和意境三者的递进关系与情景交融作用。并信手拈来宋代文学家苏洵的散文《木假山记》为例，分析文章表面上看似描写木假山的形成过程，实为叙写人才的成长命运，蕴含着作者对人才问题的深沉的感喟与思考，耐人寻味。在散文的语言方面，文山老师强调散文的美文特色，语言力求新奇、自然、流畅，具有节奏感与旋律感，又要语出自然，生动鲜活。在散文的开头与结尾方面，文山老师借用元代陶宗仪《南村辍耕录》的文章尽量做到“凤头，猪肚，豹尾”的形象比喻，即文章的起头要奇句夺目，引人入胜，如同凤头一样俊美精彩；文章的主体要言之有物，紧凑而有气势，如同猪肚一样充实丰满；文章的结尾要转出新意，宕开警策，如同豹尾一样雄劲潇洒。建议散文写作力争起要美丽，中要浩荡，结要响亮。写出首尾贯穿，文笔清新的好作品。

讲座中，文山老师如数家珍分享许多古今散文，并朗朗上口背诵《岳阳楼记》《前赤壁赋》《太姥山》等名篇，深入浅出地分析散文笔法，大家受益良多。

讲座下半场由杨际岚老师主讲。杨老师历任福建省作协副主席、《台港文学选刊》主编、省台港澳暨海外华文文学研究会会长，暨南大学兼职研究员等，现任中国世界华文文学学会监事长，福建省作协顾问，《两岸视点》编辑总监、《海峡乡村》编辑顾问、福州市台江区作协荣誉顾问。他结合我省关于组织推广“福”文化品牌主题宣传与“百位作家讲百福”活动，作了题为“福文化书写的四种样貌”的演讲。

讲座中杨老师语调温和，娓娓道来阐释“福”文化的内涵和外延，强调认识和呈现“福”文化的时代特点和地域特色等要素，大处着眼，小处着手，力求见人见事见精神。杨老师认为，文无定法，书写样貌多式多样，通俗地说，其中包括这么几种：小题小做，犹如郑板桥的“一枝一叶总关情”；小题大做，恰似鲁迅先生的“于无声处听惊雷”；大题小做，好比唐朝薛莹的“浮沉千古事，谁与问东流”；大题大做，正像苏轼的“乱石穿空，惊涛拍岸，卷起千堆雪”。又如报告文学《福州林，幸福林》中叙写福州、甘肃定西东西部扶贫协作，营造千亩生态林事迹，于2019年入选联合国全球最佳的扶贫案例，具有地域文化色彩，体现了脱贫攻坚的时代精神，属于重大题材，反映这一变迁，体现了日新月异的时代变革。

杨老师广征博引诠释“福”文化的多种样貌，让我们加深理解“福”文化品牌主题宣传的意义。

讲座中，杨老师介绍了观赏《觉醒年代》《人世间》的感受。他还结合个人体验，分享了本人创作的两篇散文《“亲人”之亲》《唤一声，敏生》，梁华老师声情并茂朗读，再现原文的真情实感与艺术感染力。

杨老师认为，散文写作天宽地阔，多姿多彩，对于一般书写者而言，切口宜小，情节宜细，尤其注重情感真实，正所谓“我手写我心”。他提议，台江作协可利用“文人会客厅”这一平台，通过多种形式，分享会员们各自的文学作品，大家一起切磋交流，共同提高。

讲座活动中，同时举办了简朴而又庄重的“荣誉顾问”颁证仪式。鉴于黄文山、杨际岚老师的文学造诣与热心培养文学新人，台江作协特聘两位老师为“荣誉顾问”。讲座最后在悠扬的《人世间》主题曲中落幕，大家觉得身心愉悦受益良多，又意犹未尽，期盼再次聆听老师精彩的文学讲座。

讲座圆满举行，得益于两位老师放弃节假日休息给我们授课的辛勤付出；得益于台江作协叶传杰主席对活动的精心指导；得益于梁华、胡萍、罗明、唐辉、毛祥明、卓雨翔等师友的鼎力支持。台江作协顾问唐树贤百忙中抽身参加讲座，赵玉明老师克服腿疾行动不便前来听讲，诸多师友的积极参加讲座，或热心帮忙活动事务，令我赞叹。谅想，这一方面缘于他们热忱的公益心，另一方面缘于他们爱好文学的执着。尤其在当今快餐文化盛行，传统文学日渐式微的当下，笃守初心，值得点赞！

感知生活，感知文学

——余岱宗教授“小说作品鉴析”讲座随感

2020年夏初，有幸在台江区作协会员大会上，聆听了福建省作协副主席、福州市作协主席余岱宗教授生动精彩的致辞。

交流中，他提到《福州文学》正在组稿庆祝中国共产党成立100周年专辑，欢迎大家撰稿。当时，我的脑海里一片懵然，虽然自己在福州生活近四十年，可是福州的发展变化太大了，从哪里下笔才好呢？余老师建议说，可从日常生活中吃穿住行的变化，比如以前福州人的菜肴充满浓郁的虾油味，随着生活改善人们注重饮食健康，口味渐渐清淡了；还可从以前福州被称为“纸裱福州城”，市区多是简陋低矮的棚屋木房，如今高楼林立……诸多的城市变迁题材中找个小的切口下笔，以小见大，叙写切身感受，写出亮点。我深受启发，暗自思忖，要是哪天能够聆听他的专场文学讲课就好了。

幸运的是，终于2021年10月23日近距离地参加了余老师的“小说作品鉴析”专场讲座。

这场文学讲座给我的总体感受是：余老师讲课思路

清晰，语言生动流畅，能结合文学作品案例把重点内容讲得深透，且引人入胜，讲课艺术高。

余老师指出，写小说要注意从感受下手，强调场景的感知与细节描写的重要性。例如，课堂中通过重点赏析汪曾祺小说《茶干》中，详细描述的连万顺酱园东家让乡下人寄存的雨伞、扁担、箩筐、犁铧、坛坛罐罐，有时竟把老母鸡也寄放在这里，连老板还要小徒弟撒把酒糟喂鸡， 一直吃到有点醉醺醺的……这些场景细节，能够放大读者的感官，去接收所有似有若无的讯息，有的强烈、有的微弱，从而与乡土中的种种自然存在形成联系。让读者深切感受到当时的环境气氛，有效地烘托刻画出连老板为人和善，精于经营的鲜明丰满形象。

余老师认为，细节描写是要抓住生活中的细微具体的典型情节，加以生动细致的描摹。如果没有细节描写，就没有活生生的、有血有肉有个性的艺术形象，这样才能有效揭示文章的主题思想。

听了余老师的赏析，我不由想起我们常说的“细节决定成败”，谅想“细节”的重要性在文学创作与日常处理事务是相通的，有着异曲同工之妙。当然，文学来源生活，又高于生活。细节的叙述必须经过提炼，力求达到写人则如见其人，写景则如临其境，增强艺术感染力。

余老师长期从事文艺理论研究，文学素养高，对中外的经典文学作品如数家珍，课上信手拈来为我们讲评了沈从文、王安忆、莫言、托尔斯泰、陀思妥耶夫斯基、帕慕克等中外大师的佳作，分析他们的写作特色，阐述细节的描摹与内心刻画对表现人物、记叙事件、再现环境的重要作用。

语言的妙处来源于真实的生活感受。余老师建议作家要做生活的有心人，应该打开感官，用感知去贴近生活、捕抓生活中新鲜独特的典型场景，深化对事物的感受。

他结合自身关注随着时代发展，列车发生变化现象，以及从金鸡山栈道下来观察铁路沿线的变化，思索身边事物之间的内在联系等事例，建议大家日常细察周边的事物变化，培养敏锐的观察力，积累创作素材。

余老师注重启发式教学，课堂互动性强。讲座中巧妙地把听众从事的铁路、警察、金融等职业特点与课堂内容有机地融合，娓娓道来，幽默风趣。交流互动时大家踊跃提问，他耐心解答，精彩迭出，掌声不断。

山海之间，意蕴隽永

——读赖民老师山水田园诗

我初识赖民老师于海坛文友微信群，他在群里发言不多，偶尔评论些群友的文章，却是言简意赅，剖析入理。对于晚辈文友的文章，总是热心转发，鼓励扶掖。

那年夏天，我回平潭老家偶遇赖老师，交谈后给我的印象是，身为福建省政协文史研究员的他，为人亲切谦逊，谈笑风趣，且对平潭的人文地理十分了解。

相熟后，我常向老师请教平潭文史方面的问题，他总是认真及时地解答。我曾经查阅《平潭县志》（民国版·黄履思编纂），发现其中多次提到引用一代名儒施天章先生补辑的“平潭二十六名胜志”。很想得到这份资料，但是多方打听未果。经请教赖老师得知施先生补辑的资料当时未付梓成书，仅为手稿，且下落不明。老师建议我可查阅《平潭厅乡土志略》《故土海坛》等文史资料，进一步了解海坛古早风景名胜的描述。有次我咨询平潭本家姓氏的宗源知识，他也非常熟悉，应答如流，并帮忙提供了许多参考资料，令我由衷敬佩。

两年来，我与赖老师接触交流多了，渐渐地从心底里感叹：人们称呼他是平潭文史专家、平潭民俗文化专家，实至名归，殆非过誉。

近日，有幸赏读到赖老师的一组山水题材诗作，令我耳目一新，姑且从中采撷几首，浅谈自己的感受。

老师的山水诗给我总体的印象是：文字生动洗练，意境高雅悠远，历史意蕴丰富，充满了浓厚的乡土气息和生活情趣。

在山水诗《东岚放歌》中，老师运用岚岛君山、海风浪拍、扬帆棹船、仙井蓝眼泪等广阔的富有海岛特色的意象，不落平铺直叙景象的俗套。而是饱含深情，引导读者把思绪拉回壳丘头史前石器文化、唐宋龙马疆场、海丝浩荡、南寨烽火抗倭的场景。然后，笔锋一转，描绘出沉寂已久的海岛如今摆脱彷徨，石帆拍岸启航，驶向充满希望的美好新时代。

诗中以空间为经、时间为纬，穿越时空，情景交融。在历史、山水、家园、风俗……构建出海岛的多彩风貌，表达了丰富的历史意蕴内涵。这种山水诗中存在许多传统意象，但对传统意象予以灵活的变化，而又赋予了历史文化内容，使诗语、诗思、诗境之生新不俗，意蕴隽永。

诗歌作品似一面镜子，不同程度地折射出作者的文字功底、生活阅历和审美情趣。

赖老师在上世纪 70 年代高中毕业后，曾经下乡修炼“广阔天地”，恢复高考时进入大学攻读中文，毕业后担任中学语文老师。后来通过考试被选拔到党政机关部门，先后从事文秘和文化体育管理工作。丰富的生活阅历，加上长期从事文字工作与个人对文学的挚爱，练就了他深厚的文字功底和良好的文学素养。

老师潜心研究平潭民俗文化数十载，经过岁月风雨的打磨和海岛文化的浸润，使他优雅清新的笔调下，不仅体现山海田园的自然美景，更体现出他谙熟海岛历史文化的深厚积淀。这种特征，在《钟门断想》诗中尤为明显。

诗中的夕阳黄昏、猫头墘古榕、琉球驸马墓、唐宋驿马和古军道等，写的是时空状态与自然景象，但又不单纯是写景，而是为后面的抒情作铺垫。老树昏鸦、魏晋风骨是娴熟运用古典名句。诗人触景生情，心潮澎湃，遐想到那霸府大夫的静静思忖，温婉的北宋风云。接着描绘连街澳旌旗、战篷逶迤、嘉靖抗倭的烈火等海岛军民英勇抗倭的慷慨激昂场景，体现了一念悲壮半阕豪放的复杂情感。

诗中描写钟门一带生动的场景，画面感强；而又情依景动，意随境造，联想丰富，极富感染力。让读者赏阅自然山水美丽景色的同时，领略到岚岛军民英勇抗倭的悲壮历史。

《毛诗大序》云：“诗者，志之所之也。在心为志，发言为诗。”说的是诗歌为一种抒情言志的文学体裁。

在赖老师的山水诗中，无论是直抒胸臆，还是通过象征手法来表现自己的心曲，都饱含着他深爱海岛的情愫。

原籍闽西的赖老师在平潭出生长大，因此，自称是土生土长的平潭人，深爱着平潭这片热土。他从事文化工作30年多，足迹踏遍岚岛。有时为了收集资料，他不辞辛苦，特地到外地图书馆查阅资料。

退休之后，赖老师仍不忘挖掘与整理平潭尚未为被大众所重视和熟知的文化领域，热心传播与弘扬平潭历史文化。

不久前，赖老师与另一位平潭文史专家吴金泰先生联袂编著的文字精练、富有趣味的文史科普丛书《问答平潭》出版后，我回平潭领取老师的赠书，结果半天联系不上他。最终通过文友二师兄帮忙打听，好不容易在一个破旧的老单位办公室找到老师。原来，他为了专心整理平潭抗日战争史料，特地关闭手机，大热天躲在没有空调的陋室里编写材料，令我感动不已。

正是这种孜孜不倦的赤子初心，赖老师抒写的海岛自然山水、历史、古迹、名物，都饱蘸深情的笔墨，讴歌了生命灿烂之美，赞美了自然生生不息的力量，表达了浓厚的家园情怀。

山水诗《瑞岭骊歌》中的瑞岭村庄，是指福建省最大的天然淡水湖平潭三十六脚湖旁边的一个自然村落。诗中描绘的斑驳老屋子、层峦叠嶂的青山、相思树与黑松绿荫掩映下摇曳起舞的芦苇荡，呈现出一幅水彩般美丽山庄的别致画卷。

然而，在保护水资源与城市开发建设的进程中，这个美丽的村庄面临着去留的抉择问题。诗人在这一背景下抒写，抒发了对湖水浩渺潋滟、山色灿然莞尔自然村落的眷恋。同时，由衷地发出对美丽的山寨水乡前景的忧思感慨，“情不自禁唱起湖殇／丝丝缕缕的香魂开始流浪／是否从此飘泊他乡／甚至到外地图书馆查找资料？”也引发人们对城乡建设与生态保护的深度思考。

“留得住青山绿水，记得住乡愁。”随着乡村振兴与城镇化建设的推进，如何让传统村落保留自然与人文之美？是我们面临的问题，诚然，自然和谐的生态是一种诗意，理想的生态建设便是一种诗意的建设和回归。这样，让人们在寻找家园感的路上，才不会走得太远！

勤耕不辍，恪守初心

——参加《剑胆琴心——张纬荣传》出版座谈会随笔

2021年4月17日，暮春晴朗，和风煦煦。有幸走进绿意盎然西湖湖畔的福建会堂，参加由省作家协会指导，平潭革命史研究会主办，资深传记文学作家冯秉瑞先生撰写的《剑胆琴心——张纬荣传》出版座谈会。

这本还散发着油墨馨香的《剑胆琴心——张纬荣传》，封面装帧精美大气。一只雄鹰展翅飞翔，背景是山壑纵横，汹涌澎湃的海岛。这海岛正是东南边陲的平潭岛，它处于台湾海峡西岸突出部，历史上被视为蛮夷之地，难以防御，是重要的战略要地。因岛上土地贫瘠，风沙肆虐，加上战争连年，长久以来岛民生活艰难。

在恶劣的地理环境与战争血火的洗礼下，铸就了平潭人民不惧强敌、勇敢拼搏的坚强意志。涌现了一大批革命烈士和英雄人物。《剑胆琴心——张纬荣传》一书的传主张纬荣同志，就是这个群英谱系中的一员，是一个文韬武略、能文能武的海坛才子，为党的革命事业作出了不可磨灭的贡献。

“哪有岁月静好，只是有人负重前行。”这句话，对于出生在革命老区基点村的我，感受深刻。

2021年，正值中国共产党成立100周年，创作出版《剑胆琴心——张纬荣传》等英雄人物传记很有意义。尤其是在当前广泛开展学史明理，学史崇德，学史增信，学史力行的时代背景下，通过阅读红色题材的故事书籍，能够唤起更多人来缅怀为革命事业作出贡献的英雄人物，更好学习与弘扬英雄们高尚的道德情操，坚定的共产主义信念，以及为人民鞠躬尽瘁的革命精神。

翻阅这本洋洋洒洒近二十万字，内容丰富的传记文学著作，一般的读者，很难把那些清新生动的文字与一个八十多岁高龄的冯老先生联系起来。其实，作者冯老先生此前已经相继为曾焕乾、翁绳金、吴秉瑜、林中长、吴秉熙等多位革命英雄人物撰写了传记文学书籍，叙述他们为党的事业英勇奋斗中可歌可泣的感人故事。

多年来，冯老先生为了撰写好平潭革命人物传记，每天的写作时间超过十小时，还查找整理大量相关的资料。他每天晚上清影伴孤灯，伏案疾书。早上六点起床在附近公园散步两个钟头，回家后除去午休，其他时间除了吃饭就是写作。冯老先生用心为革命人物书写生平传记，为后人留下宝贵的精神财富，实属不易，让我敬佩不已。

我初识冯老先生于上世纪90年代，其时正处改革开放初期，他作为在榕的热心乡贤，积极为平潭的建设发展鼓与呼。交往中，发现冯老不仅具有浓厚的爱乡情怀，而且为人热忱。他闲暇之余坚持写作，不时在报刊上发表文章，并撰写出版了《美人计》《连环计》《反间计》等多部长篇历史小说，以及《海恋》等散文集。

近年来，冯老开始潜心汇集整理资料，撰写革命英雄人物传记。记得他撰写的第一本传记《峥嵘岁月稠——翁绳金传》出版后，十分激动地通知我到他住处取书。交谈中，他知道我业余时间练笔写作，便鼓励我参加省作协，有助于提升写作水平。此后，冯老创作英雄人物传记的劲头一发不可收拾，隔三岔五地持续出版系列著作。今年初春节前夕，我拜访冯老，他赠送了新作《铁骨丹心——吴秉熙传》，并向我咨询关心我的堂哥、该书的序言笔者、军队离休老干部周而福的身体状况，以及平潭重点革命老区国彩村上的老游击队员吴国共、吴翊成等生活情况。许是他年迈体弱行动不便，这次他让我捎些传记书赠送给他的友人。

有时我揣摩着，究竟是什么力量支撑着冯老先生不顾耄耋之年，不辞辛苦撰写革命英雄人物传记？抑或，正如省文史研究馆馆员，省作协顾问，著名作家陈章汉老师作本书的序言中描述：一是来自传主，一是来自作者。前者的剑胆琴心，折射于后者身上，也是满目锦绣。冯老较笔者年长不只一轮，竟有如此激情与真诚，缅怀先烈，崇尚英雄，传承红色基因，以至忘却自己的年龄。

冯老先生生长平潭，从小就崇拜英雄人物。他撰写的革命英雄都是在惊涛骇浪中成长的平潭海岛人，他们都具有剽悍勇武、刚毅顽强、侠肝义胆的“海山哥”品格。其中有的是他认识的，在查找整理大量相关的历史资料中，他们可歌可泣的英雄事迹让他心情久久不能平复，深深地感染他。或许，这正是激励他孜孜不倦撰写英雄人物革命事迹与感人故事的主要动力。

倾情书写，铭记英烈

——读周裕惠老师《海坛骄子》有感

近来阅读案头的《海坛骄子》，赞叹于书中对平潭1931—1949年抗日与解放战争时期革命英烈的全景式书写。

这本书由原福建省发改委研究员周裕惠执笔主编，记叙平潭从抗日战争到解放战争中，涌现出众多的革命英雄人物事迹。由福建省政协原主席游德馨题写的《海坛骄子》书名，让人想到成语“天之骄子”比喻极有才能、令人瞻仰的人物，而《海坛骄子》更是让我深刻了解可歌可泣的革命英烈群体，领悟到他们为理想不渝、为革命无悔的人性光辉。

读完《海坛骄子》，心中久久难以平静，那些曾在历史上留下的革命英烈名字，深深地扎根心间。这本十六万字记录的感人事迹，可以说是对那段艰难岁月的追忆。

《海坛骄子》描述的是一个怎样的时代？平潭岛地处台湾海峡西北段的战略要冲，历来是兵家必争之地。在日本军国主义侵华战争中，特别是日军加紧沿海登陆作战前后，平潭岛曾六次被日伪占领沦陷，海坛儿女不畏强敌、甘洒热血，取得了六次光复的抗日壮举。抗战胜利后，国民党顽固派背信弃义，发动内战，掀起反共逆流。平潭地下党领导人在遭受多次挫折的严峻形势下，舍身忘己、百折不挠，组织革命武装队伍，为推翻旧政府及建立新中国所进行了严酷曲折、惊心动魄的斗争。

《海坛骄子》采用记叙体与编年体相结合的体例篇章结构，以人带事，以平潭“六次沦陷、六次光复”“两次武装解放”为主线，通过组织领导平潭斗争的周裕藩、曾焕乾、徐兴祖、林慕增、吴秉瑜、林中长、张纬荣、高飞、吴兆英、吴秉熙等代表人物的感人事迹，60 多个重大历史事件、120 多名烈士和牺牲人员英名集成，以及包括 220 多位革命先辈参与的相关活动。坚持翔实、客观、公正的写作态度，力求通过准确的历史资料、人物传记、本人或见证者回忆录、历史照片、档案资料等，翔实记叙平潭 1931—1949 年抗日斗争与谋求解放这段彪炳史册的历史。

平潭的英烈不畏强敌、坚贞不屈、英勇无畏的浩然正气，感人至深，令人难以忘怀。

周裕藩烈士慷慨表示“干革命就是有危险，参加革命就要有为党牺牲的准备”，林慕增烈士临刑前写下了“杀首足千秋，炎黄民族应有恨；伤心唯一事，白发老母更何依”的绝命词，并鼓励战友继续战斗，之后，从容就义。曾焕乾烈士变卖家产“毁家纾党”，被错杀前用两个银圆、两枚金戒指交最后一个月党费。吴国彩烈士身负重伤，在医院手术时，主动把首台手术时间让给受重伤的战友，而自己因手术延误时间、失血过多而光荣牺牲……一个个英烈，一桩桩壮举，令人肃然起敬，刻骨铭心。

初识周老先生，是十年前参加家乡经济促进座谈会上，他结合长期从事经济研究工作经验，积极为发展献言献策。他的热心公益与严谨认真的治学态度，令我赞叹不已。1998 年 10 月周老退休后，原本可以与众多老人一样休闲康养，过着安逸闲适的生活。但是，他退而不休，充分发挥长期从事学术研究及编辑出版工作的余热，笔耕不辍。先后担任省体改委《福建改革》杂志副主编、《开放潮》杂志编审等职，多次获有关表彰和论文奖，并于 2010 年荣获福建省五一劳动奖章。

游子离乡，心系桑梓。年事已高的周老把很大精力转向家乡，花费更多时间投入到平潭历史文化和红色革命故事的抢救性挖掘中。他在书的引言中谦逊地写道：“为研究平潭抗战与解放斗争史提供翔实、可靠的第一手参考资料，为存史、资政、育人尽微薄之力。”周老是周裕藩烈士宗亲，从小耳闻目睹家乡第一次武装解放平潭枪声和“东海歼日”战役场面。出于对家乡英杰的敬仰，不辞辛劳搜集各种一手资料，积累平潭抗日和解放斗争的历史事迹。

有时为了查证一位烈士的名字，周老走访了许多参加抗日和地下革命斗争的先辈及其亲属、党史工作者与专家，甚至委托在平潭的朋友到烈士的墓地去查证。十多年来，陆续撰写了50多篇平潭革命史文章，编著了《海坛岛上三英杰》《海坛革命先驱周裕藩》《平潭军民抗战纪实》，以及《周裕惠情系海坛集》等平潭革命先烈、先贤的纪实传记与文集，并把《海坛骄子》所得的稿费捐给平潭公益事业机构。这些书籍展现出来的珍贵史料，翔实周全程度，是相当突出的，有些还是第一次面世。由此，不时有平潭党史办，平潭革命史研究会等单位，以及部分革命先辈及其亲属向周老咨询有关历史情况，他都予以热心帮助。

2021年暮春，在我省知名小说家冯秉瑞乡贤撰写的《剑胆琴心——张纬荣传》出版座谈会上，我再次遇见周老先生，他话语朴实、亲切，心态依旧年轻，不禁心生喟叹。他已耄耋之年，青丝染霜，仍旧日复一日灯下伏案疾书。这种坚守初心，孜孜不倦，热忱弘扬红色文化的精神，令人尊敬。

螺号声声，岁月悠悠

——创作《故乡的贝螺》歌词札记

螺号声声，总在记忆的深处响起……

贝螺，五颜六色、形状多样，承载着日月星辰、沧海桑田的变迁，撩人遐思，回溯岁月长河，唤起绵长的乡愁，吹响希望的梦想。

2021 年夏天，随着“六千年风之路，百年经典传唱”“南岛语·风之路——来自大海深处的歌声唱响平潭”原创歌曲的征集活动开展，一首感人动听的《故乡的贝螺》歌曲翩然而至。

歌曲由曾与我共同创作具有浓厚乡土气息、广为流传的《故乡平潭》的知名原创音乐人乐风谱曲，盲人编曲家黄延平编曲，并由男高音歌唱家郑海兵倾情演唱。歌曲深受人们喜欢，最终入选活动的十佳歌曲。

一

这是一首来自南岛语族故乡，传唱非遗文化的歌。“很久很久以前，壳丘头上螺号弥漫……”平潭岛，孤悬于台湾海峡西部。拓荒的先民在岛上贫瘠的沙砾里刀耕火种，在岸礁浅滩上拾贝渔猎。他们筑居石穴、日耕晚归，顽强生存下来。

彼时，海岛荒凉，螺号是先民劳动的号子，也是他们憩歇的乐趣。从平潭南垄村附近的壳丘头遗址，挖掘出来的陶器、石器、贝器等遗物，考古专家推断，这里是我省迄今发现最早的新石器时代遗址，大约距今5590—7450年。

螺号声声，时序如流。岛上的生活资源渐渐枯竭，于是，先民把谋生的目光投向更远的海洋。他们划起粗糙的木筏，开始艰辛的寻梦历程。

他们踏浊浪、越风涛，飘过南太平洋、印度洋……像蒲公英一样散落天涯，扎根发芽。向海而生的精神，生生不息，薪火相传。

悠扬的螺号，淌过了漫长的光阴长廊。很久很久以后，南岛语族的后人开始赴平潭等地寻访祖先足迹的行程。

2010年，5名法属波利尼西亚人，驾驶“一叶扁舟”，模仿古人借助季风和洋流航行，从南太平洋出发，历时近4个月登陆“溯源终点”平潭。他们发现壳丘头遗址上，如陶器、螺号，以及用来加工木头的石锛等，有着与“南岛语族”居民类似的文化和生活印迹。

为保护与传承非遗文化，目前，位于平潭上攀村，由平潭综合实验区、中国社会科学院考古研究所、福建博物院三家单位联合成立了“国际南岛语族考古研究基地”，成为高校、研究机构等开展考古实习科研及对外学术交流的重要平台。

二

这是一首刻画昔日海岛环境恶劣、百姓贫困潦倒，向往幸福生活的歌。

“平潭岛，光长石头不长草，风沙满地跑”“风小砧板声，风大啼哭声。”这个耳熟能详的海坛民谣，形象地描绘海岛恶劣的生态环境。在缺乏科学预报的年代，海风便是渔民命运的主宰者。

“昨夜月黑风急，风沙淹埋村庄……”往往一场飓风狂飙，能让村野的树木连根拔起、田庐转眼成为废墟。民国版《平潭县志》中描述清初发生的“狂风过处风沙起，一夜沙埋十八村”风灾情景，令人刻骨铭心。

夜晚，海滩上流淌的“蓝眼泪”，抑或是先前“蓬莱大仙”巡游东海时发现风灾海难时，同情海岛民众生活疾苦，而落下悲伤的泪滴所形成的？

这是一首外出打拼的海岛人眷恋故园，抒怀乡愁的歌。

“海坛腥风血雨，你的心在哭泣……”面对海岛恶劣的生态环境，积弱积贫的生活状况，流淌在岛民血脉里的向海而生的精神，激励着海岛人纷纷背上行囊，外出谋生。

时光如同潮汐般不停地流逝，然而，忘不了的是故园，扯不断的是乡愁。

无论在都市街坊，还是在他乡异地，总有那么一个时节，也许在得意之际，也许在失落时分。定格在记忆深处的，往往是老家那石厝上空袅袅的炊烟，那翠绿的木麻黄，那蔚蓝的大海，那闪亮的贝壳，不知不觉间勾起一缕缕乡愁。

“故乡的螺号，在梦里回响……”夜阑人静，他们的耳边依稀飘来似有似无的渺渺呼唤：“归来吧，归来哟，浪迹天涯的游子。”

可是，“回家的路，被轮渡拉长……”

自古以来，一道弯弯的海峡隔断了平潭与大陆的连接，成了横亘在海岛人心海上的精神枷锁。早年岛民主要通过轮渡出入海岛，受尽了风浪颠簸之苦。有时，遇上台风天气，轮渡连续数天停摆；有时，刚刚赶到码头，突遇海上刮大风，轮渡停摆，人们只能对着茫茫的海峡望洋兴叹。

三

这是一首抒写东岚儿女筚路蓝缕、艰苦创业，踏上改革开放新征程的歌。

海水泱泱，春风吹拂。2010 年 11 月底，平潭海峡上传来了一声长啸的汽笛声，汽车轮子滚滚驶过新建的跨越平潭与福清之间的第一座海峡大桥。

“今晨潮起云涌，高铁呼啸，海浪默哑……”让人惊喜的是，过了十年后的2020年12月底，随风飘来又是一声汽笛的长鸣，迎来了一辆高铁火车长驱直入新建成的平潭海峡公铁大桥。

这座桥建于被世人称为“造桥禁区”的长乐松下港与平潭苏澳之间海峡，从此，进出海岛又多出了一条快速的跨海通道。

“万壑俯临谁作障，一声长啸欲乘风！”

海峡公铁大桥让人憧憬，海风的呼啸声伴随着奔驰的汽车、高铁鸣笛声，呐喊着海岛奔向诗和远方。

此时，漫步海边，俯身拾起一枚贝螺，拭掉螺壳上的尘埃，擦去千百年的忧伤，把你化为一枚号角，吹起故乡的梦想。

这首歌带给乡亲很多鼓励，无论在哪，看到海岛变化，由衷地为家乡的发展感到欣慰。同时，也激励乡人积极拼搏，为家乡的发展献计出力……

附：《故乡的贝螺》歌词

很久很久以前／壳丘头上螺号弥漫／你随着先民的木筏／飘过大洋／到达岁月的彼岸／散落天涯，生根发芽／向海而生的精神／在我的血脉里流淌昨夜月黑风急／风沙淹埋村庄／海坛腥风血雨／你的心在哭泣／噙着蓝莹的泪光／背上行囊远走他乡／故乡的螺号，在梦里回响／回家的路，被轮渡拉长

今晨潮起云涌／高铁呼啸，海浪默哑／擦去千百年的忧伤／把你化为一枚号角／吹起故乡的梦想／把你化为一枚号角／吹起故乡的梦想／故乡的梦想！

东西结对，台安情长

——《台安两地情》编后随记

有幸作为《台安两地情》扶贫文集的执行主编，半年来利用业余时间参与创作编纂工作。2021 年 5 月底，这部洋洋洒洒十五万字的文集终于付梓成册，甚是欣慰。

福州台江，定西安定。一个东南，一个西北，山遥水远却情谊昭昭。相距 2000 公里的两座城市因扶贫结缘，两区人民携手奋斗、脱贫攻坚，成就了一段东西部扶贫协作的佳话。

自 2017 年台江与安定确定对口帮扶以来，台江区聚焦“两不愁、三保障”，坚持“安定所需、台江所能”，倾情倾力帮扶安定。四年来，积极投入财政资金扶持，帮助引进企业投资项目，实现了“输血”帮扶向“造血”帮扶转变。同时，以“双向交流、人才培养、创业培训、医疗合作、支教办学”为重点，一批批党政干部、专技人才到两地学习、培训、挂职，为打赢打好脱贫攻坚战注入了强劲动力。四年的努力结出丰硕成果，安定区提前实现脱贫摘帽，两地扶贫协作顺利通过国家东西部扶贫协作成效考核，连续三年被评定为“全省脱贫攻坚帮扶先进集体”。

2020年底，台江区文联、作协组织作家冒着严寒，不远万里携手安定区作协开展扶贫协作采风活动，深入援建帮扶重点项目实地采集创作素材，历时多月，终于编纂出版《台安两地情》。

在6月初召开的《台安两地情》出版发行首发式上，与会代表认为这部扶贫文集，生动反映了近年来，福州市台江区积极携手对口帮扶甘肃省定西市安定区，实干担当，艰苦奋斗，如期完成脱贫攻坚任务的先进事迹。这部文集既是东西部扶贫协作的成功经验总结，也是东西部地域文化交流融合的一个重要成果。正如时任台江区委书记在《台安两地情》序言中所言：这本由两地文学界联袂创作的书籍，对于总结台安两地扶贫协作经验与成果，讲好对口帮扶故事，宣传脱贫攻坚先进事迹，展现帮扶情、协作情，弘扬时代主旋律，献礼中国共产党百年华诞，具有重要意义。

文集以扶贫协作题材为主，结合两地风土人情，并以报告文学、诗歌、散文体裁结集成册。抒写帮扶情、协作情，展现出地域文化特色，弘扬了时代主旋律。

作为业余编辑，我虽然有着满怀的文学爱好与公益热诚，但是，由于经验不足。加上编纂过程历时长，作者地域跨度大，涉及福建与甘肃两地作者达50多人难度不小。在文集的稿件收取、编辑加工、校对修改、审定交接、出版印制等环节，曾出现过一些疏忽纰漏，所幸得到及时纠正。编辑工作是个艰辛的过程，期间发生磕磕碰碰，尝到的酸甜苦辣，个中滋味唯有自知。然而，能为扶贫公益出点力，也不失为人生的一件幸事。当然，从中也学习与积累了一些编辑与出版经验，有利于以后更好开展相关工作。

编纂出版工作中，得到台江区委宣传部部长杨奇、区文联主席叶发永等领导的精心指导与大力支持。福州市作协副主席、顾问李玉平参与组织作家采风和协调前期编纂工作。台江区作协主席叶传杰携同文友们一道冒着严寒参与实地采风，积极组织文集编审出版工作。

文集终于在建党百年华诞之际出版发行，得益于老同学、海峡出版发行集团领导林义良，以及海峡书局总编辑雷戎的大力支持；《福建文学》原主编、省作协顾问黄文山老师百忙中拨冗审稿；《台港文学选刊》原主编、省作协顾问杨际岚老师热心指导编排出版相关工作。值此，谨向上述诸位老师与其他帮助我的师友，以及文集的作家表示诚挚的谢忱。

编纂文集中，接触到台安两地帮扶共建四年以来，涌现出许多可歌可泣的感人事迹，让我深受感动。同时，了解到福州与定西两地的联袂情结早已源远流长。400多年前，道光年间，一代廉吏典范、被安定区民众称为“许公”的知县福州人氏许珌，才情出众，为政清廉，深受百姓赞颂。一百多年前，福州先贤、近代能臣林则徐因禁烟抗英有功，却受到诬陷，被褫职戍疆途经定西，也在安定留下史迹。

如今，两地经过多年的帮扶共建，结出脱贫致富硕果。在文化共建上，通过捐款募书 ，开设“台安悦读”爱心书屋等文化交流活动，再续友谊佳话。这些，令我感触良多，且附上拙诗，聊表心志。

踏莎行·定西怀古

塞北迢遥，陇中雪舞，林公贬遣途经处。
黄河怒吼万泒寒，忠臣含忿西疆戍。
明代闽人，许珌公仆，定西廉吏民瞻慕。
今榕桂点再帮扶，爱心共建情长驻。

卜算子·致“台安悦读”爱心书屋

安定处陇中，唐汉丝绸路。
已是严寒纷飞雪，书屋喧欢语。
瀛台文友群，慈善心间驻。
千里迢迢捐图书，自有帮扶故。

遇见

一个偶然的机缘，我看到朋友圈上同事发的“金融作协”公众号一篇精彩的文章，让我的眼睛一亮，便立即关注了这个公众号。于是，“金融作协”进入了我的视野。

其实，前些年报刊纸媒繁荣，各家金融机构也创办了不少的报刊，为增强可读性，纷纷开设了文艺副刊，涌现了不少高质量的美文，我也开始关注起是否有“金融作协”这样金融文学爱好者的“娘家”。

人世间最奇妙的缘分，总是让人猝不及防的。不久前，“金融作协”公众号编辑看到 “金融文坛”上刊载我写的“战疫”小诗与“世界读书日”随感拙文后，便联系上了我。于是，我于2020年5月加入了金融作协福建创作联络组。

“世间所有的相遇，都是久别的重逢。”自遇见“金融作协”公众号后，虽然只有月余的时间，却像认识了很久。发现它是展现金融机构员工文采的良好平台；也是展示金融机构企业文化建设的一个窗口。其刊载的文章，既具有鲜明金融特色的文学作品；也有反映出疫情时期人们的精神面貌，充满乐观进取的内容；还不乏抒写人们日常烟火味的生活情怀与人生感悟。

后来，我浏览了“金融作协”公众号等媒体上的过往文章，还发现我所供职的建行系统许多文学宿将的文章。如中国金融文联全委、中国金融作家协会罗鹿鸣副主席，他既是湖南省诗歌学会的创始人，也是建设银行企业文化的专家。还有《中国建设银行报》副刊部资深编辑黄晋晋老师，以及《中国金融文学》原编辑吴文茹老师等，都是我较为熟悉的建行同仁。

结缘“金融作协”平台后，我便加入了在金融作协福建创联组的微信群。在群里，我有幸认识了“金融作协”公众号主编王炜炜老师，还有本省金融业的江山、康瑞、谢华章、余道业等文友。在群里，还遇见了久违的我省建行系统的钱志鹏，上世纪90年代初，我们曾是建行同一业务条线的工作人员，经常见面的。后来，因各自调整了工作岗位，就一直没有联系了。今天，因了共同的文学爱好，邂逅于金融文苑。

释迦牟尼有道：“无论你遇见谁，他都是你生命该出现的人，绝非偶然，他一定会教会你一些什么。”

前段时间，我尝试给“金融作协”公众号投篇散文“江滨晨记”稿件，担心文中提到建设银行网点开设“劳动者港湾”的内容，会被编审人员认为是为本单位作宣传之嫌，而不予发表。于是，我便把稿件先发给主编王炜炜老师审阅，王老师及时回复：金融文学就是要写金融人的生活，为金融业树碑立传。建行营业网点内设立的“劳动者港湾”，是给园林工人、环卫工人、交警等户外劳动者方便停歇的地方，是为社会上的辛勤劳动者增添一份温馨，体现了金融机构的社会担当意识，值得推介宣传。这，让我加深了对“金融作协”公众号的了解。后来，我获悉到“金融作协”公众号创办初期，那时王老师正在忙于创作长篇金融题材小说《黑白蝶》，但因“金融作协”公众号工作人员少，王老师就自己一人承担审稿、编辑，维护公众号平台运行，令人感动。近两年来，我有幸参与成立福建金融作协筹备工作，并参加福建省金融系统“立足八闽大地，助力乡村振兴”主题征文活动的评审工作，与王老师联系较多。她那为人热忱正直，办事认真负责的风格，给我印象深刻。

“金融作协”公众号编辑许旺林是个勤快上进的金融业后浪。说来也巧，前些年我与他同时获得第26届福建省报纸副刊作品散文类优秀奖。他是金融作协公益活动的热心人，而且他以金融法务工作者认真严谨的作风进行日常的文章编审工作。有天晚上，他从单位加班回家后已经半夜了，还与我商榷修改稿件事宜。交流中，我得知他刚参加工作不久却很稳重，能够妥善处理好专业工作与业余文学爱好的关系，实属不易。

记得鲁迅先生说过：遇见森林，可以辟成平地；遇见旷野，可以栽种树木；遇见沙漠，可以开掘井泉。

看来，“金融作协”公众号虽然只有数年短暂的创办时间，但是，这个文苑幼苗正是遇上并得到金融作协领导的精心管理与呵护，以及编审团队园丁的辛勤耕耘与守望，还有广大作者读者的热心参与爱护，才得以茁壮成长，枝繁叶茂。

文以载道，文以化人。金融是现代经济的核心，随着互联网金融的快速发展，金融渐渐地融入人们日常生活的方方面面。金融界也正悄悄地发生着巨变，金融新业态与新场景层出不穷，需要我们更多的抒写与报道。深信，经过大家的共同努力，今后金融作协平台上，将出现更多的弘扬时代主旋律，有温度、有品质的文学作品，也将遇见更多的具有鲜明金融特色的优秀文学作品。

夜读

喜欢静夜品读的感觉。

静寂的夜晚，冲泡一杯茶茗，手握一卷闲书，让自己的思绪随着袅绕的茶雾漫游。既能放飞心灵，天马行空；又可潜心沉思，感悟人生，别有一番情趣。

小时候，正逢十年“文化大革命”时期，物质匮乏，文化荒芜。在乡村，彼时的电视是奢侈品，晚上要到镇上的学校、卫生院会议室，或者村上的大户人家中才能看到。当时学校布置的作业也不多，我的性格好静，晚上便从阅览《闪闪的红星》《智取威虎山》等小人书开始，一直到《童年》《钢铁是怎样炼成的》，再到《金光大道》等书籍。从那个年代起，夜读便成了我的兴趣。

高中时，独自在外求学，那时恢复了高考，学习的任务重了，课外阅读的时间就少了。当时，社会流行着“学好数理化，走遍天下都不怕”。虽然侧重理科的我，但是还是眷恋着文学作品，以至在常在完成功课后的深夜里，看些学校图书馆借来里的文学读物，以及在同学间流传《归来》（后来拍为《第二次握手》电影）《一只绣花鞋》等手抄本小说。

参加工作后不久，恰好省图书馆离住处不远，于是，到环境舒适的图书馆看书，便是消磨空闲时间的好方式。即使生活有时不遂意，但到图书馆看书也很少中断过。

作家郑渊洁曾说：“夜晚是上帝送给人类的礼物。”每到暮夜，品读那些心仪的书，是个称心的活儿。此时的心灵仿佛一叶刚刚穿越暴风骤雨的小舟，又如夜阑人静中庭升起的圆月，宁静而祥和。

那些年看的很多书，不仅包括自己从事财经工作的专业书籍，也包括了中外的文学名著等等。俗话说，熟读唐诗三百首，不会做诗也会吟。许是认真品味读物，也能窥出那些名著的一点点用意来。譬如第一次读托尔斯泰《复活》，只读出玛丝洛娃身世悲苦和聂赫留朵夫心灵的挣扎，过了几年重拾此书来读，才略略体会到作者组织架构的巧妙。渐渐地懂得了一些世态炎凉，感受到那些看似平淡的字里行间隐藏着的人间辛酸。又如，初读钱钟书《围城》时，仅仅局限于大师幽默的语言文字，令人捧腹大笑的故事情节。再读便觉得围城就是：城外的人想冲进来，城内的人想冲出去。婚姻也罢，事业也罢，大抵如是。细细品读后，透过钱老先生炉火纯青的风趣语言文字外，又能感受到他独特犀利的眼光，一针见血指出我们人生的许多阴暗面。当我们认清了人生不过就是这种城里城外的关系时，就会珍惜当下拥有的，热爱生活。

书中既有黄金屋、颜如玉，更蕴含着不竭的生命力！夜读，于我更多的是抚平浮躁尘世的焦虑，给心灵找个宁静的港湾；夜读，好在足不出户，便可遨游天下，悠然领略醉人的景致，顿悟人生的真谛；夜读，乐在随意翻阅杂书，便可陶冶性情，于各种书籍中寻觅享受。赏读小说里的那种严谨，聆听散文里的那份飘逸，享受诗词中的那份浪漫，思索哲理语句的那份思辨。

进入网络信息快速发展的时代，夜读的形式更是丰富多彩。既可在清朗的夜晚，秉灯夜读，伏案疾书；或者参加一场文学讲座，分享知识的盛宴；也可在绵绵的雨夜，伴着淅淅沥沥的雨水声，静坐电脑前，抒写“微信”码字“简书”编辑“美篇”，让如水一样流淌出的串串字符，散发着淡淡的书香……

“读书点亮生活”，有书香为伴的静夜，梦乡特甜。

书边浅吟 抚慰岁月（代后记）

这是我文学生涯上的首部散文集，收录了本人近十年创作的66篇散文。其中，有城乡随笔，有山水游记，有人文散记，还有读写心得等，愿这些朴素无华的文字抚慰余生。

在新书付梓之际，回想自己的写作历程，感触良多，思绪绵延。

我从小喜欢文学，小时候乡村物质匮乏，文化荒芜，没有机会接触更多的文学读物。自上世纪80年代初参加工作后，晚上喜欢在办公室或到离住处不远的省图书馆看书学习，也消磨了单身时的悠闲。文坛学步，偶尔在供职的省商业厅主办的《福建商报》上，发表些市场调研文章与粗浅的生活随笔。成家后，业余忙于油盐酱醋茶家庭琐事，渐渐疏远了读写。其实，主要还是缺乏恒心而致。80年代末，调到金融系统工作，时逢商业银行改制，大力拓展金融业务，因系统管理工作需要，花费了大量时间编写业务培训教材和经营管理材料。起初在本单位主办的《投资论坛》杂志上，刊载些金融课题的文章。为提高综合文字能力，业余重拾阅读与练笔的习惯，也点燃了蛰伏心底的文学火种。于是，后来陆续在总行主办的《建设银行报》文学副刊上，刊登文学作品，还在其他报刊上发表些散文随笔。

步入知天命之年后，日渐减少了无谓的应酬，放下冗杂，力戒浮躁，回归本心，尽量做些自己喜欢的事情。于是，有了更多的闲暇宅家耕读，或出行游览，并以素简的文字，在博客、简书、微信公众号等平台上，抒写生活随笔和人生感悟。

在文字江湖间游走，且行且吟。我一直认为文字是有灵性的存在。那些断断续续、点点滴滴有温度的文字里，即使有些是浅白粗拙的语句，依旧寄托着自己的喜怒哀乐、感悟情怀，在那些倏忽即逝的似水流年里与心灵对话，怡然自乐。

生活是写作的源泉。城乡街巷、山水田园、草木花卉、清风晓月、飞禽落霞……是人生旅途中的一帧帧多彩的画面。用心观察，信手拈来，都是写作的好素材。本书中的部分作品，是我近年来，有幸参加了省市文联、作协与福州日报社等组织的“庆祝建党百年”“红星照耀我的福州”“福州古厝”与“有福之州”等主题征文活动，以及实地采风活动的产物。结合自己久居福州，目睹欣欣向荣的城市建设的经历体会，所撰写的几篇小文得到主办方与评审老师的抬爱与勉励，纳入主题活动优秀作品文集中。诚然，通过参加这些文学活动，接触了解更多的城乡发展历程与风光景点，既拓宽了视野，也愉悦了身心。

岁月无痕，时光流逝。随着年事滋长，愈发怀念故乡故人。海岛平潭旖旎秀丽的自然风光给我带来了少时的乐趣，但是，留给我更多的，却是贫穷生活苦涩的记忆。这是我们那个年代的人共同的记忆。我是在家人亲朋的关怀帮助下成长起来的，感恩于心。当然，特别感谢我的父母、亲人，没有他们的辛勤付出，就没有我的一切。家乡的山海田园，路桥林木，深深融于我的骨子里。怀念之情挥之不去，督促我把这些年少往事记载下来，释放乡愁。

同时，近年我也关注平潭的开发建设进展，以及生态环保等状况。每每看到家乡那些日新月异的信息，总觉得有一股股暖流在心里涌动，倍感温馨。

2017 年夏天，我与一位同事回平潭，一同游览了慕名已久的南寨石林景观。南寨山上那些造型神奇、栩栩如生的象形状物岩石令人惊叹。那次，我了解到，平潭民间有这样一个公益团体奇岩怪石保护协会，一群爱心人士自愿联合组成的地方公益性社会组织。致力于普查、宣传和保护平潭奇岩怪石，呼吁各界树立珍惜和保护奇岩怪石等天然旅游资源的意识，并促进平潭早日列为世界自然遗产和世界地质公园。该协会中不少会员是生活岛外的乡亲。他们心系家乡，热衷公益活动的行为，深深感动我。于是，近年来我多次随同协会会员，闲暇时深入山野海隅，勘查奇岩怪石，并撰写小文，以微薄之力为保护奇岩怪石景观与自然生态环境鼓与呼。

以往曾想，我的这些拙作可能和铅印的个人文集无缘。而机缘巧合，这次台江区委与文联扶持出版台江作家文丛，有幸得到厚待，得以出版本人散文集，真是感激不已。于是，我敝帚自珍，从多年来散落在博客、简书、美篇、微信公众号等平台上，以及一些报刊登载的200多篇，近30万字的文章中，筛选了60余篇散文结集，让它在纸质的书籍里延长文字的生命，留作纪念，并求教诸位方家。

最后，我要特别感谢为本书赐序的杨际岚老师。杨老师是我文学路上的引导者，是他在编辑出版方面的悉心指导与认真审稿，才使得这本文集顺利付梓出版。我铭感于心，终生不忘。

感谢林耀琼兄为本书题写书名，林兄工诗文，擅书画，深研美术评论，于我亦师亦友。写作历程是个孤寂的心路跋涉，正是得到众多的师友热心支持与勉励，让我一路坚持下来。在此，谨向每一位帮助过我的师友，表达衷心的谢忱！

周而兴

2022年10月